CIÊNCIAS MORAIS

MARTÍN KOHAN

Ciências morais

Tradução
Eduardo Brandão

Copyright © 2007 by Martín Kohan
Aos cuidados de Guillermo Schavelzon & Asoc., Agencia Literaria
(info@schavelzon.com)

Título original
Ciencias morales

Capa
Flávia Castanheira

Preparação
Cecília Ramos

Revisão
Ana Luiza Couto
Isabel Jorge Cury

Dados Internacionais de Catalogação na Publicação (CIP)
(Câmara Brasileira do Livro, SP, Brasil)

Kohan, Martín
  Ciências morais / Martín Kohan ; tradução Eduardo
Brandão. — São Paulo : Companhia das Letras, 2008.

  Título original : Ciencias morales.
  ISBN 978-85-359-1255-5

  1. Ficção argentina I. Título.

08-04653   CDD-ar863

Índice para catálogo sistemático:
1. Ficção : Literatura argentina   ar863

[2008]
Todos os direitos desta edição reservados à
EDITORA SCHWARCZ LTDA.
Rua Bandeira Paulista 702 cj. 32
04532-002 — São Paulo — SP
Telefone (11) 3707-3500
Fax (11) 3707-3501
www.companhiadasletras.com.br

CIÊNCIAS MORAIS

Juvenília

Antigamente este colégio, o Colégio Nacional, foi só masculino. Nesses tempos já distantes, os tempos do Colégio de Ciências Morais, para não falar dos mais remotos do Real Colégio de São Carlos, as coisas eram, por necessidade, mais claras e mais ordenadas. É simples: faltava nem mais nem menos que a metade deste mundo que agora o integra. Essa metade feita de *jumpers*, de faixas de cabelo, essa metade feita de tiaras e fivelas, essa metade que requereu a instalação de banheiros à parte no colégio e vestuários à parte na quadra esportiva, antes, muito antes, nos tempos de Miguel Cané, nos tempos do professor Amadeo Jacques, simplesmente não existia. O colégio era todo uma mesma coisa, era todo de meninos. Então, com toda a certeza, as atividades transcorriam de maneira mais sossegada, pelo menos é o que agora presume, no estado de distração que a domina quase no fim do segundo intervalo da tarde, a inspetora da turma 10 da oitava série, que todos conhecem por María Teresa sem desconfiar que na casa dela, à noite, a chamam de Marita. É o que pensa, absorta, embora vigilante em aparência, María Teresa, a inspetora da oitava série 10, quando dos dez minutos que correspondem a esse segundo intervalo da tarde já se passaram mais de oito. E pensa sem discernir que, se ainda vigorassem as normas daquela época de esplendor, ela própria não poderia ocupar agora o cargo que ocupa no colégio, porque do mesmo modo e pelas mesmas razões por que não aceitavam alunas no estabelecimento, não havia professoras, tampouco inspetoras. Aquele mundo não era, como é este, partido em dois; o que havia que promover, se fosse o caso, conforme se vê nesse clássico literário do colégio que se chama *Juvenília* e que os alunos atuais, por ignorância ou má-fé, se obstinam em chamar de "Juvenilha", era outra coisa: era a convivência pacífica dos alunos portenhos com os alunos do interior do país. Não faltavam confusões por essa causa, e até brigas com machucados variados, mas nada disso podia se comparar com o que supõe vigiar essa outra realidade dos rapazes e das moças existindo em contínua proximidade. O fato de os portenhos brigarem com os provincianos não deixava de exprimir, afinal de contas, uma verdade profunda da história argentina. E nisso o colégio já era o que estava destinado a ser: um seleto resumo da nação inteira. Ou por acaso Bartolomeu Mitre, o fundador do colégio, não havia derrotado o entrerriano Urquiza para sempre e para o bem, na batalha de Pavón? Ou por acaso, antes, o tirano federal Juan Manuel de Rosas não havia mantido o colégio fechado, no período de sombras com que afligiu longamente a Argentina? Domingo Sarmiento, o sanjuanense, não quis, por acaso, entrar no colégio e não pôde? Em compensação, não conseguiu o tucumano Juan Bautista Alberdi entrar, deixando Sarmiento ressentido o resto da vida? O fato de portenhos e provincianos brigarem entre si era parte da história do colégio, porque era parte da história do país. Miguel Cané conta claramente isso quando escreve *Juvenília*. Não importa que os alunos atuais mencionem esse livro como fazem ou como fariam as pessoas sem formação; leram-no e sabem muito bem o que significava o fato de que o colégio tinha de aceitar igualmente os meninos das províncias do norte argentino e os meninos da cidade de Buenos Aires. Pacificar essa convivência era uma tarefa perfeitamente possível para um professor como Amadeo Jacques, que era francês de nascimento, ou para um reitor como Santiago de Estrada. Mas aquele colégio era um colégio somente masculino. Sem comparar, tão-só deixando fluir o pensamento, María Teresa percebe como é diferente seu trabalho de inspetora nas condições existentes nos tempos que ora correm. Não se compara, não supõe que ela possa se equiparar ao prestígio daqueles homens ilustres do passado; simplesmente permite, em sua difusa distração de olhar perdido, que uma idéia se insinue e se associe a outra idéia, que por sua vez se insinua e torna a se associar, e nessa deriva imagina como terá sido o colégio em sua versão mais homogênea e harmônica, a do outro século, a do outro tempo.

O som da campainha, que os outros geralmente calculam, desta vez a sobressalta: é o fim do intervalo. Essa campainha, que soa com firmeza mas não com estridência, dura exatamente cinqüenta e cinco segundos, pouco menos que um minuto. É um dado que ninguém ignora. Há uma razão muito concreta para que convenha sabê-lo e para que a medição se ajuste à precisão cronometrada dos cinqüenta e cinco segundos, em vez de se conformar com o cálculo sumário do minuto completo: é que no momento exato em que a campainha se cala, sem que o eco da campainha seja considerado parte da campainha, é obrigatório que os alunos já tenham feito fila, em perfeito silêncio e na ordem progressiva das respectivas estaturas, em frente da porta da sala que corresponde a cada turma.

A turma 10 da oitava série forma diante da penúltima porta do claustro. Não poucas vezes se ouve uma pisada, o roçar de uma sola no chão, às vezes até uma risadinha, depois de a campainha parar, e é uma ocasião em que os inspetores devem intervir.

9

— Silêncio, senhores.

Aí sim, não se ouve nada. Se o que sucedeu de inoportuno foi um passo tardio, é preciso verificar que depois do erro os alunos estejam devidamente quietos. Se o que sucedeu, em vez disso, mais grave, foi uma risadinha, uma risadinha ou um ruído de risadinha, há que localizar o brincalhão, que com toda a probabilidade continuará tentado a repeti-la, para fazê-lo sair da fila e tratar de puni-lo. A cabeça abaixada é a maneira habitual de se delatar nesses casos. No entanto, o mais freqüente é que a ordem seja cumprida sem contratempos.

— Tomem distância.

Uma única voz soa para todo o claustro. Parece quicar e repetir-se, por efeito da altura do teto ou da espessura das paredes, mas todos sabem que não houve repetição nenhuma, que as ordens são dadas uma vez só e que essa vez basta. Tomar distância é um aspecto fundamental na formação dos alunos do colégio. Embora se ponham em fila, um atrás do outro, e embora respeitem a ordem progressiva que vai do menor ao maior, até tomarem distância os alunos ainda estão em desordem, reunidos mas não formados, com certo ar de displicência que é indispensável eliminar. Depois que tomam distância, a fila dupla adquire em compensação direiteza e proporção, uma justa simetria, de resto muito adequada. Para tanto estende-se o braço direito, sem dobrar o cotovelo, claro, e apóia-se a mão, melhor que a mão, a extremidade dos dedos, no ombro direito do colega da frente. Como esse colega é, por definição, mais baixo que o que o segue, cada braço traça uma linha perfeitamente reta, mas também em suave declive. É assim que se faz, então e sempre. As meninas formam na frente e os meninos atrás. María Teresa presta muita atenção, embora procurando ser discreta, nesse elo tão conflituoso da fila, onde os dois primeiros meninos, que são os mais baixos, sucedem às duas últimas meninas, que são as mais altas. Os meninos de menor estatura são, em geral, os que preservam certo ar de infância, ainda imberbes, ou quase, enquanto as meninas mais altas são sempre as mais desenvolvidas. No momento de tomar distância, esses dois meninos, que na oitava 10 são Iturriaga e Capelán, devem encostar a mão, melhor que a mão, a ponta dos dedos, no ombro das meninas da frente, que na oitava 10 são Daciuk e Marré. Esses ombros ficam decididamente distantes para eles, altos demais, e quase têm de se esticar para alcançá-los. María Teresa, a inspetora, escruta esse contato com muita minúcia. Não é a diferença de altura que importa, por certo, nem que Iturriaga ou Capelán possam perder a melhor postura ao esticar o braço para tomar distância. Não é isso, tampouco o gesto claro que o braço adota ao ir tenso para a frente e para cima, mas outra coisa. É outra coisa. María Teresa tem de prestar atenção, escrupulosa, no que acontece com essa mão de homem em cada ombro de mulher, enquanto dura a situação da tomada de distância, uma situação que não tem, como tem a campainha do fim do intervalo, um lapso de extensão fixo e predeterminado, mas depende da decisão pessoal do senhor Biasutto, o chefe de inspetores.

— Firmes!

Só quando se ouve o senhor Biasutto dando a ordem de ficar firmes, os braços se abaixam e o contato cessa. Cada um ocupa então seu lugar, com a devida separação, e estão dadas as condições para autorizar a entrada na sala de aula. Ocorre, porém, que não poucas vezes o senhor Biasutto atrasa a sua indicação, fazendo durar o momento dos braços estendidos, talvez para se assegurar da perfeita ordem de todas as filas em todas as turmas, ou talvez para dar tempo para que os inspetores, de quem é chefe, detectem toda possível irregularidade entre os alunos. Se algum sinal de impaciência é percebido no claustro, ainda que seja implícito, o senhor Biasutto não vacila em prolongar a situação.

— Não tenho pressa, senhores.

Outra tarde, no fim do primeiro intervalo, María Teresa notou, ou acreditou notar, que a mão direita de Capelán repousava *excessivamente* no ombro direito de Marré. Tomava distância, sim, era sua obrigação e a acatava, mas talvez não tomasse distância apenas. Uma coisa era valer-se daquele ombro como referência para tomar distância, outra bem diferente era segurar esse ombro, tocá-lo, envolvê-lo na mão, fazer que Marré sentisse o contato da mão sem leveza nem inocência.

— Está cansado, Capelán?

— Não, senhorita inspetora.

— Seu braço está pesando, Capelán?

— Não, senhorita inspetora.

— Talvez prefira sair da formação, Capelán, e descansar no escritório do senhor Prefeito?*

— Não, senhorita inspetora.

— Então, tome distância como convém.

— Sim, senhorita inspetora.

Nada de estranho, por sua vez, se percebe em Iturriaga, quando toma distância atrás de Daciuk. Capelán é que sem dúvida requer a prevenção atenta de María Teresa. Depois da repreensão da outra tarde, que por milagre não acarretou a intervenção do senhor Biasutto, Capelán foi muito sutil; mas talvez sutil *demais*, o que também é inconveniente. Não toca mais Marré com a palma da mão, mas com os dedos, que é o preferível, e até com a ponta dos dedos, o que é duplamente preferível. E nem sequer encosta esses dedos, essas polpas; tão-somente os aproxima para quase não tocar, como faria se se tratasse de uma porta e ele tivesse de entreabri-la ou fechá-la sem fazer nenhum barulho. Mas nessa aproximação tão leve, tão retraída em aparência, Capelán se dispõe mais à carícia do que ao contato, conforme distingue ou

---

* Responsável geral pela disciplina. (N.T.)

crê distinguir María Teresa em seu exame da cena. Capelán já não toca em demasia o ombro de Marré, sua colega da frente, mas em troca dessa incorreção parece aventurar-se com descaramento nesta outra: a de roçá-la. Roçá-la apenas, como se quisesse lhe provocar cócegas ou inquietação.

— O que foi, Capelán, está com lombeira?

— Não, senhorita inspetora.

— Então tome distância como convém.

A mão leve, a mão aérea de fingida inocência que Capelán estica com ar ausente, vai para o ombro de Marré, para aquela parte segura e consistente que acompanha a curva do suéter azul regulamentar. Mas como vai imprecisa, num gesto vaporoso, obedecendo com zelo suspeito a indicação de não se apoiar, essa mão vacila, mais do que tocar parece tatear, ou até apalpar, como faria por exemplo um cego, de tal modo que antes de chegar ao ombro de Marré bem que poderia, ou pelo menos dá essa impressão a María Teresa, roçar o pescoço de Marré, a dobra azul-celeste da blusa regulamentar de Marré, ou, pior que isso, o pescoço, o pescoço propriamente dito, a pele do pescoço de Marré, ou seja, ela própria.

— Está passando mal, Capelán?

— Não, senhorita inspetora.

— Sua mão está trêmula, Capelán?

— Não, senhorita inspetora.

— Tem certeza, Capelán?

— Sim, senhorita inspetora.

— Antes assim.

Este que vai passando, na lenta progressão do outono para o inverno, é o primeiro ano de María Teresa como inspetora no colégio. Entrou em fevereiro, quando ainda fazia calor, três semanas antes dos exames de março e seis semanas antes do começo do ano letivo. O senhor Prefeito a entrevistou primeiro, e decidiu contratá-la. Depois o senhor Biasutto, chefe de inspetores, numa só entrevista de não mais de quinze minutos de duração, lhe revelou, entre outras precisões, que classe de atitude deveria adotar para a melhor vigilância dos alunos do colégio. Não era fácil obter o que o senhor Biasutto denominou "o ponto justo". O ponto justo para a melhor vigilância. Um olhar alerta, perfeitamente atento ao mais ínfimo detalhe, serviria sem dúvida para que nenhuma incorreção, para que nenhuma infração lhe escapasse. Mas esse olhar tão alerta, precisamente por ser alerta, não poderia deixar de se manifestar e, ao se tornar evidente, se tornaria irremediavelmente uma forma de aviso para os alunos. O ponto justo exigia um olhar a que nada passasse despercebido, mas que pudesse, ele próprio, passar despercebido. Os professores sabiam bem; por isso, ao dar uma prova escrita, se punham contra a parede do fundo da sala: para ver sem ser vistos. O olhar de esguelha denuncia sem exceção o aluno que acalenta alguma intenção de colar. Os inspetores deviam alcançar essa mesma destreza para obter um sigilo igualmente implacável. Não para "olhar sem ver", que é como a frase feita define o distraído, mas, ao contrário, para ver sem olhar, para poder ver tudo sem que pareçam estar olhando para nada.

María Teresa aplica essa prescrição, que naquele primeiro dia de trabalho lhe fóra transmitido em detalhe pelo senhor Biasutto, ao fim de cada um dos três intervalos da tarde no momento de fazer fila, no momento de tomar distância ao fazer fila. Emprega-o para controlar aquele menino de aspecto indolente que se chama Capelán. Todos os colegas dele, com exceção de Iturriaga, o superam em altura, e por esse motivo ele é o primeiro da fila. Bem na frente dele fica a Marré. Pode tocá-la: tem permissão. Mais do que isso: tem obrigação. Ele tem de tocá-la com a mão no ombro, e, melhor do que com a mão, com a ponta dos dedos, para tomar distância. María Teresa finge adotar então um olhar disperso, não um olhar distraído, que seria inverossímil, mas um olhar geral. Claro que na verdade vê muito bem o que acontece entre Capelán e o ombro de Marré: entre a mão de Capelán, os dedos de Capelán e o ombro de Marré. Finge olhar em geral, mas na verdade aplica sua vista para focalizar esse detalhe. Usa óculos, que ela ajusta no nariz. Vê, ou acredita ver, que Capelán mexe um pouco os dedos. Os dedos da mão no ombro de Marré. Talvez os tenha mexido um pouco. Talvez tenha esfregado com eles o ombro de Marré. María Teresa aguça o olhar, ainda sem revelá-lo, para examinar em profundidade a expressão do rosto de Capelán. Percebe-a tão irrelevante quanto a expressão do rosto de Iturriaga, que bem a seu lado toma distância sem que pareça nem mesmo perceber a existência imediata de Daciuk. Mas essa vagueza, María Teresa sabe perfeitamente, não prova nada. Os alunos cultivam com despudor a arte da dissimulação. Então ela dá mais um passo, um vagaroso passo à frente. Agora já não se encontra à altura de Capelán, mas à altura de Marré. O rosto que indaga em segredo já não é o de Capelán, mas o de Marré. Então aprecia, ou crê apreciar, um lento fechar de olhos de Marré: algo semelhante a um pestanejar, mas feito em câmara lenta. Ela interpreta, porque sente que é isso que tem de interpretar, que há um quê de incômodo nessa maneira de fazer cair as pálpebras. Não está totalmente segura, mas não tem tempo para se deter a fim de dirimir se se trata disso mesmo.

— Alguma coisa, Marré?

— Não, senhorita inspetora.

— Tem certeza? Me pareceu que se sentia mal.

— Não, senhorita inspetora.

— Tem certeza?

— Sim, senhorita inspetora.

— Está bem.

Justo então o senhor Biasutto dá ordem de ficarem firmes. Os alunos abaixam os braços. Cada um olha para a nuca do colega da frente. Uma luz de dia nublado sempre paira nos corredores do colégio; o fato de lá fora brilhar ou não o sol não altera isso em nada. As paredes são revestidas de azulejos verdes até certa altura; daí em diante, o que segue é a parede nua. Soa a ordem de entrar nas salas.

Naquela mesma noite, uma noite sem placidez e sem que nenhuma recordação ou pensamento antecipasse, María Teresa sonha com o rosto, com a expressão de Marré. Reteve muito pouco do que havia no sonho, na realidade quase nada; só essa imagem, mas essa imagem com muita nitidez, da cara daquela menina do colégio de sobrenome Marré. Permanece nela certa impressão de estranheza inclusive um instante depois de ter acordado, quando arrumou a cama, escovou os dentes, pendurou a roupa, beijou o rosário, prendeu os cabelos, abriu uma cortina. Depois veste uma bata sem cor, que fecha até o pescoço, até bem em cima. Vai até a cozinha, onde sua mãe a espera com o café-damanhã e o rádio ligado num lado da mesa. Transmite as notícias. Elas se dão bom-dia.

— Dormiu bem?

— Sim.

A mãe não se senta com ela à mesa. Possivelmente já tomou café ou possivelmente não pensa tomar. Está fervendo alguma coisa para o almoço; o cheiro que dessa água emana é forte e doce, ingrato para a hora. A mãe controla o borbulhar da água como se não bastassem, para ferver, o fogo e o tempo. As duas não falam, só ressoa a voz que dá as notícias. As notícias do dia: o céu estará encoberto em Buenos Aires, serão feitas reformas nos lagos de Palermo, caiu a freqüência dos espectadores nos cinemas, nevou prematuramente na província de Mendoza, dois cientistas holandeses provaram que os animais sonham, a temperatura na cidade não passará de treze graus.

— De que é esse cheiro?

— Na panela?

— É.

— Beterraba.

No rádio, a propaganda: uma cantiga sobre relógios que, cada vez que parece terminar, começa de novo. Depois, sem pausa, um anúncio de aspirina.

— Você não gosta, por acaso?

— Não sei.

— O que quer dizer com "não sei"?

— Isso, que não sei.

— Não venha com histórias, Marita, você sempre gostou.

Em cima da mesa, sob a floreira repleta de flores artificiais, há um envelope fechado. María Teresa avista-o e pergunta o que na verdade supõe e que, no fundo, já sabe: se é uma carta do irmão. A mãe diz que sim. E que desta vez não quis abrir para não acontecer de novo o que sempre acontece: mal pousa a vista na letra manuscrita do filho ausente, antes mesmo de começar a ler o que a carta diz, desata a chorar. Prefere que Marita leia e depois conte.

María Teresa rasga, com dois dedos, a ponta superior do envelope. Depois abre-o metendo na fresta a faca que não havia usado no queijo ou na manteiga. A mãe não olha. O que o envelope traz não é, a rigor, uma carta, mas um cartão-postal. Francisco tem o hábito de fazer essas piadas. Na verdade, não está longe, apenas em Villa Martelli. Se elas quisessem se abalar até a estação Pacífico e tomar ali, de duas uma, o 161 (vermelho) ou, melhor ainda, o 67 (qualquer cor), demorariam menos de uma hora para chegar à porta do regimento. Não vão porque não adiantaria nada, porque de qualquer modo não conseguiriam ver nem acenar para Francisco. Mas está bem perto, na periferia da cidade. Ele gosta de bancar o gaiato, fazer-se de feliz, mandando um postal como se estivesse longe. Na certa pediu ou comprou de um companheiro de alguma província, que os juntava em grande quantidade para ir mandando pouco a pouco para a família. Algum rapaz do Sul, quem sabe de Formosa. María Teresa tira o cartão-postal do envelope. É um postal de Buenos Aires. Nele se vê uma tomada aérea do obelisco em pleno sol, o trânsito denso da avenida mais larga do mundo, à beira dela os edifícios não muito altos e díspares.

María Teresa vira o cartão e encontra, no verso, quatro palavras apenas anotadas pelo irmão. Dizem: "Não consigo me compenetrar".

María Teresa dá uma segunda olhada na imagem do obelisco; um coletivo vermelho, que antes não havia percebido, está passando de um dos lados. Depois guarda o postal no envelope e coloca-o outra vez debaixo do vaso de plástico. As flores, que também são de plástico, se vergaram de uma maneira imprópria, até perder por completo qualquer semelhança possível com as flores de verdade. María Teresa tenta restituir-lhes aquela forma que um dia tiveram, mas é impossível: como se pudessem ter, tal como as pessoas, memória ou preferência, aqueles fios de plástico voltam a se torcer até recuperar o lamentável aspecto inicial.

Enquanto isso, a mãe tapou novamente a panela no fogo, agora se vira e se apóia na beira da bancada. Está segurando, ou apertando, nas mãos um pano de prato cheio de corações vermelhos.

— Conte, Marita, o que seu irmão diz.

María Teresa põe a faca de volta no prato com as migalhas de pão e o saquinho de chá usado.

— Francisco diz que vai bem. Que sente falta de nós, mas que está muito bem.

O quarteirão das luzes

Teria sido melhor que morresse, diz a mãe, persignando-se porque bem sabe que o que diz é sacrilégio. Melhor que morresse, em vez de ir embora sem que se saiba para onde. Assim pelo menos teria um papel, e no papel um atestado, e com o atestado o pobre Francisco poderia ter evitado toda essa mortificação do frio que entra pelas frestas e da comida insalubre servida em pratos de alumínio. Durante três semanas, quatro talvez, que é o que dura a instrução, não terá licenças nem folgas, e só uma vez, às sete da manhã de um dia a determinar, quando estiver amanhecendo, lhe permitirão chegar por quinze minutos ao portão da avenida San Martín para ver a família na intempérie. A mãe chora pelo menos uma vez por dia. María Teresa às vezes escuta do seu quarto, às vezes, sem ver nem ouvir, adivinha seu pranto. É freqüente ela chorar com o noticiário do rádio, quando dizem a temperatura e anunciam que o frio vai chegar, e no rádio tem noticiário a cada meia hora. No princípio ela largava o que estava fazendo e ia consolar a mãe; mas a mãe é uma dessas pessoas que não querem encontrar consolo e portanto não se deixam consolar, e ela então começou a se inclinar a deixá-la chorar e se desafogar o mais que pudesse.

Como os alunos do turno da tarde entram no colégio à uma e dez em ponto, os inspetores têm de estar presentes ao meio-dia e meia. Vários deles trabalham nos dois turnos, mas não María Teresa. María Teresa trabalha somente de tarde e mora a meia hora do colégio, se o metrô não atrasa; para chegar sem correria sai de casa quinze para o meio-dia. Não poucas vezes a mãe fica chorando quando ela se vai.

Em algumas ocasiões, em geral quando o senhor Prefeito determina uma reunião com o senhor Biasutto e seu corpo de inspetores, o horário de entrada pode ser antecipado em uma ou duas horas. Desde que María Teresa é inspetora do colégio, houve duas dessas reuniões. A primeira foi dedicada ao problema dos alunos que se encontram no estabelecimento fora do seu turno. Há atividades curriculares, por exemplo os laboratórios de química ou de física, as aulas de natação no subsolo, e outras extracurriculares, como freqüentar a biblioteca da instituição para consultar material de estudo, o que deve ser feito fora do horário das aulas. Nem por isso, entretanto, frisou o senhor Prefeito com um gesto dos dedos e repetindo várias vezes aquele tique que tem nas sobrancelhas, pode-se admitir que fiquem vagando pelas galerias ou subindo e descendo as escadas sem que se saiba por quê nem para quê. O corpo de inspetores tem a faculdade, mais que a faculdade, a obrigação de interceptar o aluno que anda solto pelo colégio, pedir a caderneta, conferir a foto, o nome e o turno a que pertence o aluno em questão, e, se um aluno do turno da tarde se encontra no colégio durante o horário da manhã, ou um aluno do turno da manhã se encontra no colégio durante o horário da tarde, cobrar as explicações do caso. O senhor Biasutto tomou a palavra, com a autorização do senhor Prefeito, para especificar que somente as explicações dadas sem rodeios nem hesitação podiam ser tidas como insuspeitas. O senhor Biasutto, que é chefe de inspetores, conta com grande prestígio no colégio porque é sabido que, faz uns anos, foi o principal responsável pela confecção das listas, e é dado por certo que em algum momento, quando a dinâmica da designação das autoridades permitir, ocupará por sua vez o cargo de Prefeito.

A segunda reunião, que requereu chegar mais cedo ao colégio, teve por objeto esclarecer o corpo de inspetores sobre os alcances geográficos da sua competência. O regulamento do colégio vigora não apenas no interior do edifício, e por adição nas dependências do campo de esportes que se encontra na zona portuária, mas se estende até duzentos metros além do que é estritamente a porta de entrada da instituição. Toda a quadra ocupada pelo colégio, vale dizer sua calçada e a calçada contígua da igreja de Santo Inácio, mas também a quadra seguinte na direção da Plaza de Mayo, a que vai da rua Alsina à Hipólito Yrigoyen, e também a quadra do outro lado, a que vai da rua Moreno à avenida Belgrano, e, por acréscimo, o quarteirão inteiro que o colégio ocupa em grande parte e que é celebremente conhecido como o quarteirão das luzes na história da cidade são regidos pelas disposições e punições determinadas no regulamento do colégio. Isso quer dizer que também ali, na esquina, virada a rua ou na quadra em frente, os inspetores do colégio devem exercer suas funções e controlar, só para dar um exemplo, que os meninos não afrouxem a gravata azul ou desabotoem o primeiro botão da camisa azul-celeste; ou, dando outro exemplo, que as meninas não soltem os cabelos e tirem a fita ou vistam a blusa azul-celeste sem ajustá-la com o cinto duplo regulamentar de cor azul. Quanto ao mais, o comportamento de um aluno do Colégio Nacional de Buenos Aires deve ser inexoravelmente exemplar em qualquer circunstância e em qualquer lugar onde se encontre, e os inspetores têm o dever de interferir em toda conduta irregular que possam detectar num aluno do colégio, não importa em que lugar se cometa a falta, e levá-la com prontidão às autoridades, quer se trate do senhor Prefeito, quer do senhor chefe de inspetores. Para ilustrar essa questão, vem sempre a propósito o caso dos alunos do primeiro colegial 5, que foram punidos no fim do ano precedente por terem se comportado com severa indiscrição na rua Florida, a mais movimentada da cidade, sem perceber que um inspetor do colégio, que ali passava por puro acaso, tomava devida nota das suas vociferações.

Todas essas convocações induzem María Teresa, inspetora novata, a revisar, se não a corrigir, uma qualidade muito sua, que ela teve desde sempre, desde que era menina, segundo costuma dizer sua mãe e segundo costumava dizer seu pai, que é a de ficar absorta, deixando-se ganhar pela mais completa distração. Agora está aprendendo, ao contrário, a se manter bem atenta, e pratica diversas técnicas, físicas ou mentais, que lhe possibilitem suprimir o velho hábito de deixar-se levar pelas coisas que pensa ou pelas coisas que vê. Presta atenção: o máximo que pode e a maior quantidade de tempo que pode. Faz isso principalmente no colégio, nas galerias durante os intervalos, na sala enquanto passam aqueles minutos em que os professores demoram a chegar para a aula depois de terminado o intervalo, mas também o faz na rua, conforme a orientara o senhor Prefeito uma vez, também na esquina ou nos corredores do subterrâneo, também em torno do quiosque ou em frente ao florista da calçada.

É assim que descobre, nessa saída preventiva que ensaia agora, às cinco para a uma da tarde, percorrendo com ar casual a calçada do colégio onde os alunos se reúnem e esperam para entrar, uma cena, dessas que não se podem tolerar: de repente vê Dreiman se encostar claramente em Baragli. Até então tudo corria tão normal, tão inocente e tão ameno que ela bem poderia ter recaído, contra a sua vontade, em seu defeito mais inconveniente: já estava a ponto de se distrair. Mas bem naquele instante vê, entre a correção constante dos nós de gravata e dos cintos entrelaçados, o que não deveria ter acontecido e o que não deveria ter visto: Dreiman se encostar claramente em Baragli. Encosta em seu torso como poderia fazê-lo numa parede, ou no poste de um ponto de ônibus, ou na coluna de um poste de luz. Mas não é na parede que se encosta, não é num poste, é em Baragli, e o que teria merecido uma repreensão moderada por relaxamento ou por misturar-se com os rapazes provoca agora em María Teresa o efeito de uma nota desafinada guinchando no meio do concerto mais irretocável. María Teresa reage de imediato, apesar de essa visão incomodá-la, ou porque essa visão a incomoda, e se aproxima apertando o passo até o local preciso onde ocorre a cena que deseja interromper. Não é sua sutileza, mas sua determinação, que deve empregar nesse caso. Não se trata de Capelán talvez roçando Marré, nesse desafio de perscrutação e sigilo que enfrenta cada tarde em cada formação da turma; não se trata disso, mas de Dreiman se encostando *claramente* em Baragli, toda ela, com verdadeiro abandono, se encostando sem dúvida nenhuma nele. Então não há nada que esclarecer, não há nada que estabelecer; tão-só lhe resta intervir, e da maneira mais enérgica.

— Dreiman: porte-se como convém.

Dreiman reage convenientemente intimidada. Baixa a vista no mesmo instante e, numa espécie de reflexo automático que sem dúvida é motivado pelo pudor, alisa com ambas as mãos a saia pregueada do *jumper* cinzento. Não esperava encontrar a inspetora ali na calçada, a céu aberto, debaixo dos galhos das árvores da quadra, e o efeito surpresa garante o objetivo da repreensão imediata. María Teresa pode adivinhar inclusive que Dreiman ficou corada e que está engolindo em seco. Mas não consegue, como gostaria, afirmar-se na eficácia da sua autoridade bem exercida, porque, ao contrário do que acontece com Dreiman, Baragli parece extrair do episódio um motivo de regozijo ou quem sabe de fortalecimento, e não, em todo caso, como deveria, um motivo de mortificação. Ele sustenta o olhar da inspetora e até parece a ponto de sorrir, embora acabe não o fazendo. María Teresa decide deixar Baragli de lado e dedicar-se inteiramente a Dreiman. Afinal de contas foi a ela que repreendeu e foi com ela que sua intervenção se revelou tão oportuna quanto inconteste.

— Que eu não torne a vê-la assim, entendido? Entendido? Dreiman faz que sim. De alguma maneira dá um jeito de, sem interromper o retraimento da cabeça curvada, fazer que sim. Mas Baragli, ao lado dela, ao contrário, mantém alto o seu olhar com algum brilho e decididamente contém um sorriso ou finge estar contendo um sorriso. María Teresa prefere dar o incidente por encerrado e se afasta sem ceder aos alunos um só sinal de hesitação ou de fraqueza. Não obstante há alguma coisa no que aconteceu que a deixa preocupada ou triste, e um pouco mais tarde, já na sala dos inspetores, tomando muito cuidado com as palavras que usa, encontra um jeito de comentar sumariamente o sucedido com o senhor Biasutto.

Apesar de as suas mãos se desprenderem de uns papéis timbrados que o mantêm ocupado, o senhor Biasutto escuta atento e se mostra compreensivo.

— Eu gostaria mesmo, sabe de quê? De conversarmos depois sobre esse assunto com maior tranqüilidade.

María Teresa recebe com prazer essa resposta, mas não consegue definir se o senhor Biasutto sugere que conversem sobre o assunto outro dia, esta semana ou a que vem, ou que conversem sobre o assunto nesse dia mesmo, mas um pouco mais tarde. Em todo caso, não será possível elucidar o que o senhor Biasutto se propunha a fazer, nem por quanto tempo se propunha a diferir essa conversa, porque pouco depois de trocarem essas palavras o transcurso do dia sai do seu ritmo rotineiro e se altera para sempre. Parecia ser um dia como outro qualquer: prometia sê-lo e de certo modo era. Se há algo que o colégio assegura, acima de tudo, é essa normalidade. Mas às vezes as coisas saem do seu curso a tal ponto que, assim como acontece com os rios que transbordam do leito, começam a se esparramar e conseguem invadir inclusive os ambientes mais bem preservados. No colégio nada impróprio acontece nunca, e no entanto hoje, um pouco depois do segundo intervalo, é convocada uma reunião urgente dos inspetores de todos os cursos e de todos os anos. Quem a convoca não é o senhor Biasutto, chefe de inspetores, nem mesmo o senhor Prefeito, que María Teresa em certo momento vê passar em direção ao andar térreo tomado por um visível estado de alteração, mas a autoridade máxima do colégio: o senhor Vice-Reitor, no exercício efetivo da reitoria desde que se produzira o irremediável passamento do senhor Reitor.

Mais de trinta inspetores estão reunidos no claustro central do colégio. Nenhum deles se atreve, para não parecer ansioso, a consultar o grande relógio de números romanos que preside o recinto, junto com a bandeira argentina engomada, hasteada sem ondulações, e o busto severo de Manuel Belgrano, criador dessa bandeira e ex-aluno do colégio. Tampouco se entreolham. Ordenam-se num semicírculo não muito aberto, sem necessariamente perceber que foi o senhor Biasutto que decidiu essa disposição, a mais adequada, por certo, para escutar a alocução do senhor Vice-Reitor sem forçá-lo a erguer a voz para tanto. O senhor Prefeito aguarda a um lado, e María Teresa trata de não olhar para as sobrancelhas dele ou de não olhar para ele. Por fim chega, sereno em aparência, o senhor Vice-Reitor. Não vai erguer a voz, não precisa fazê-lo, e aliás nunca o faz. Ele lembra, a María Teresa, os padres da paróquia da sua infância em Villa del Parque: sabe transmitir aquela mesma calma profunda; faz que se sinta prote-

25

gida. Não é magro, por certo, e nisso se parece mais com um bispo ou um cardeal; e é verdade que nunca, jamais sorri. Mas tem essa maneira de se postar, a mesma que adota agora cruzando as duas mãos na frente do corpo, o ritmo pausado dos sermões na maneira de falar, e tudo isso lhe empresta um ar venerável que María Teresa apreciou desde a primeira vez que teve a oportunidade de vê-lo. É diferente a autoridade que o senhor Prefeito irradia: o senhor Prefeito consegue que nem um pedaço de giz caia no chão do colégio sem que isso chegue no mesmo instante ao seu conhecimento. E é diferente a autoridade que o senhor Biasutto irradia: o senhor Biasutto é uma espécie de herói entre as autoridades do colégio; ele fez as listas, e esse mérito, embora apenas sussurrado, ninguém desconhece.

O senhor Vice-Reitor ostenta, por sua vez, um ar de paternidade, mas de uma paternidade não efetiva, uma paternidade simbólica, igual à dos padres: a paternidade virtual de quem não tem filhos e não conheceu mulher. É com a mesma aura de sapiência equilibrada, e quase sem gestos, que o senhor Vice-Reitor se expressa.

— Senhores inspetores: eu me vi na necessidade de apartá-los das suas obrigações diárias, em minha posição de Vice-Reitor do Colégio Nacional de Buenos Aires, e lamento tê-lo feito. Mas não tive alternativa. Lá fora, quero dizer, na rua, se verifica certa desordem neste momento. Nada que deva nos preocupar e nada que nos obrigue a interromper o funcionamento normal das aulas. Mas enquanto as autoridades não conseguirem restabelecer a ordem, o que se fará com a maior brevidade, é preciso adotar algumas medidas de prevenção aqui no colégio. Devo lhes dizer que tivemos de fechar as portas principais do edifício. Estou me referindo às que dão para a rua Bolívar. Portanto, depois de cumprir com absoluta normalidade os horários e as atividades previstas para hoje, os alunos deixarão o colégio pela saída da rua

Moreno, que o senhor Chefe de Inspetores lhes indicará oportunamente. É preciso que os senhores dêem a todos os alunos sob a sua responsabilidade a clara indicação de evitar completamente a zona da Plaza de Mayo. Eles alegarão que é nessa direção que ficam as bocas do metrô. Não importa: todos devem evitar, sem exceção, se aproximar da Plaza de Mayo. Sairão pela porta da rua Moreno, conforme disse, e deverão tomar imediatamente a direção da avenida 9 de Julio. Digam aos alunos que evitem correr pela rua, mas que tampouco parem; que não se desviem e não demorem, mas que tampouco corram. Uma vez na avenida 9 de Julio, deverão tomar qualquer condução que os tire da zona, mesmo que não seja uma que os leve para casa. Tenham em mente, senhores inspetores, que o adolescente é um ser humano curioso por natureza e rebelde por natureza. Avisem os alunos que não podem se aproximar da Plaza de Mayo de maneira nenhuma, mas tomem cuidado e não os deixem intrigados com isso. O que os senhores têm de lhes transmitir não é curiosidade, mas medo. Façam-nos saber que é perigoso se aproximar da Plaza de Mayo neste momento. Com uma saída tranqüila mas rápida no sentido contrário, evitaremos problemas e não haverá nenhum incidente a lamentar.

O senhor Vice-Reitor faz uma pausa. Dentro dos muros do colégio, densos como sua história, o silêncio é total.

— Alguém tem alguma dúvida?

Ninguém tem dúvida nenhuma. De qualquer modo, com um gesto que sublinha a curva ampla do queixo sem brilho, o senhor Vice-Reitor aguarda uma possível consulta. Mas na verdade o que espera não é que alguém pergunte, mas que ninguém pergunte. E ninguém pergunta.

— Nenhuma dúvida então. Perfeito. Cumpram as suas instruções e tenham uma boa tarde.

A oitava série 10 tem latim na última hora de aula do dia. Os alunos escandem: coro sem vontade, de coordenação incerta, ensaiam vacilantes os ritmos de versificação dessa língua proverbial que faz tempo não vive. O professor Schulz contribui com dois dedos que batem na beira do tampo da sua escrivaninha de madeira, marcando o tempo justo, mas esse auxílio não chega e não basta. As linhas retas indicam as sílabas longas e as linhas curvas indicam as sílabas breves, mas, embora assim estabelecidas, as regras da leitura em voz alta pareçam simples, não há maneira de brotar com relativa unanimidade o canto monocórdio que a oitava série 10 exercita e que lembra a María Teresa, que ouve no corredor, as manhãs de infância na paróquia de Villa del Parque. No esforço aflitivo de tintas gregorianas, perde-se por completo o sentido dos versos: ninguém mais percebe, talvez nem sequer o professor Schulz, que em tudo aquilo está Dido e, em procura de Dido, Enéas e, escrevendo a Enéas, Virgílio e, orientando Virgílio, Mecenas e, dirigindo Mecenas, o primeiro Augusto, imperador de Roma.

Toca o sinal e termina o dia. Antes de sair da sala, porém, deve-se arriar a bandeira nacional. Quem efetua essa tarefa no sentido estrito são os alunos do terceiro colegial, formados para tanto no claustro central do colégio; mas o resto dos alunos, os da sexta, sétima e oitava séries, e do primeiro e segundo colegiais, embora permaneçam em suas salas e não assistam diretamente ao ritual, sabem que esse ato está se realizando, e essa certeza basta para que participem, de alguma maneira, da solene cerimônia. Os alto-falantes que há espalhados por todo o colégio, e que difundem música clássica durante os intervalos, agora reproduzem as notas de uma canção patriótica chamada "Aurora". Firmes, ao lado das suas carteiras, olhando para a frente, de onde seus inspetores os vigiam, os alunos do colégio cantam:

— É a bandeira! Da minha pátria! Do sol nascida! Que Deus me deu! É a bandeira! Da minha pátria! Do sol nascida! Que Deus me deu!

Hoje não se sai pela porta da Bolívar. O senhor Biasutto coordena os inspetores, que já deram suas diretrizes aos alunos, de modo a se executar em ordem um procedimento que não é habitual. María Teresa, a inspetora da oitava série 10, está nervosa mas consegue dissimular. Espera seu momento de pé na porta da sala. As turmas vão saindo uma de cada vez. A turma sete, oito, nove. Por fim é a sua.

— Sigam-me — diz o senhor Biasutto.

O trajeto a percorrer no colégio é em princípio o mesmo de sempre. Até chegar à grande escada branca de mármore, que leva ao térreo, nada mudou. Mas, quando deixam a escada para trás, o que não se pode fazer sem assumir certo ar protocolar, em vez de seguirem em frente e se dirigirem para o hall de entrada do colégio, viram outra vez para alcançar a escada que leva ao subsolo. É mais estreita e mais escura, e María Teresa até esse momento nunca tivera de usá-la. No subsolo do colégio há um ginásio, ficam ali a sala de música, o refeitório estudantil, a piscina, o cinema. Conta-se que existem, numa parte indeterminada do subsolo, talvez depois do ginásio ou talvez numa passagem que dá acesso ao cinema, uns túneis secretos que datam do tempo da colônia, quando o Colégio Nacional ainda era o Real Colégio de São Carlos, e que se comunicavam com a igreja de Santo Inácio, para começar, depois, continuando a caminhada, com o forte da Plaza Mayor, ou seja, traduzindo para o presente, com o Palácio do Governo, na frente da Plaza de Mayo.

María Teresa chega ao subsolo com certa inquietude, e embora aquele mundo de teto baixo seja apenas um pouco mais lúgubre do que o resto das galerias e dependências do colégio, ela pressente um ar sinistro ao tentar adivinhar a existência dos túneis secretos. O senhor Biasutto, chefe de inspetores, tira María Teresa de seus devaneios.

— Pronto. Por aqui.

A porta de saída que dá para a rua Moreno é pequena e muito pouco aparente, mal se distingue do muro acinzentado que interrompe. Também poderia ser secreta, tão secreta quanto os túneis soterrados que tantas conjecturas motivam. De fato, nunca é aberta nem utilizada, e se hoje se abriu foi por exceção.

— Até amanhã, senhores.

Os alunos saem à rua como pára-quedistas que pulam de um avião em vôo: amedrontados mas conscientes de que não podem voltar atrás. Farão o que lhes disseram para fazer: afastar-se da zona sem se deter mas sem correr. Irão para casa. Os inspetores, uma vez finalizadas as tarefas do dia, também irão para casa. Passadas as seis e meia da tarde, vão buscar suas coisas e se preparam para sair. Nesse momento, quando percebe que vão ter de voltar ao subsolo, María Teresa entende que as instruções que o senhor Vice-Reitor dera e que eles transmitiram fielmente aos alunos afetam e incluem a eles também. Ela também vai ter de sair pela porta lateral que dá para a rua Moreno. Para ela também está vedado o acesso ao metrô que toma habitualmente. Ela também apressará o passo, mas sem com isso correr, em direção à avenida 9 de Julio. Lá, ela também pegará um coletivo qualquer, o primeiro que passar, ainda que depois tenha de descer e pegar outro que a leve realmente para casa. Ela também não sabe com precisão o que está acontecendo, embora aja com a resolução dos que sabem. Ela também não tem as idéias claras.

A rua se mostra tranqüila. Tranqüila demais, para dizer a verdade: é isso que tem de estranha. É a hora que corresponde ao mais intenso movimento urbano, e no entanto aqui, em pleno centro, os carros escasseiam. Os pedestres que María Teresa vê passar parecem recém-saídos de um porão, como se estivessem indo de um refúgio a outro, pelas ruas de uma cidade submetida a um ataque aéreo. Há uma trégua, e eles a aproveitam, dir-se-ia que é por isso que arrastam o peso das suas expressões perplexas.

Talvez ela não tenha uma expressão diferente, mas ela não se vê. Se tivesse de distinguir pelo menos um sinal proveniente do que está acontecendo, não poderia. E no entanto não há dúvida de que o céu da cidade escureceu e de que cai um acento espesso sobre a noite que se avizinha. Não é possível indicar com nitidez de onde surge essa espécie de angústia, mas dá para tocá-la tanto quanto ao ar.

María Teresa chega por fim à avenida 9 de Julio. Ela se pergunta se é verdade que é a avenida mais larga do mundo. Procurando uma condução em que possa entrar, olha para um lado e olha para o outro. Ao virar a cabeça para a direita, distingue o obelisco. Essa visão lhe traz a lembrança do cartão-postal que seu irmão mandou. A lembrança dessa imagem a deixa pensando nele.

Sétima hora

Servelli incorre em seu conhecido costume, o de rir de repente, sem motivo, intempestivamente; mas desta vez ela o faz na pior das ocasiões possíveis. Esse riso fora de contexto, que diverte tanto seus colegas e que é preciso repreender, se deve aos nervos, ou ao gosto de aparentar inocência, ou ao fato certo de sempre demorar para compreender as piadas ou os sarcasmos. É um riso sem sentido que habitualmente causa outros risos, os da chacota, por parte dos colegas. Nessa ocasião, porém, a circunstância em que irrompe é tão claramente inoportuna que nasce e morre sozinho, naufragado na aflição de um silêncio escandaloso.

O senhor Prefeito está percorrendo as classes do turno da tarde, a fim de dirigir umas breves palavras aos alunos do colégio. Os alunos devem pôr-se de pé quando ele entra na sala, quietos e empertigados ao lado da carteira, como fazem quando os professores entram para dar aula; mas ao contrário do que fazem quando quem entra é um professor, que é sentar-se para que a aula comece, agora devem permanecer de pé, olhando para a frente e com os braços rentes ao corpo, até que o senhor Prefeito dê por encerrada sua intervenção, se despeça e saia da sala. Suas palavras são poucas mas claras, e ditas com um rigor que as torna verdadeiras. Referem-se ao que significa o Colégio Nacional de Buenos Aires na história da República argentina e ao que implica, em conseqüência, ser aluno do colégio. Fazem história: remontam à fundação no ano de 1778, pelo vice-rei Vértiz, o segundo vice-rei a governar as Províncias Unidas do Rio da Prata e que a posteridade consagrou como o Vice-Rei das Luzes (em parte por ter estabelecido, como estabeleceu, o primeiro sistema de iluminação pública na cidade de Buenos Aires, em parte por ter fundado, como fundou, verdadeiros pilares do credo iluminista, como por exemplo o Real Colégio de São Carlos). Continua o discurso com uma sumária enumeração de discípulos ilustres, já sendo o colégio conhecido como Colégio de Ciências Morais, entre os quais prima sem sombra de dúvida o prócer Manuel Belgrano, membro da Primeira Junta de Governo de 1810, vencedor das batalhas de Salta e Tucumán e criador da bandeira argentina, sob a inspiração luminosa do aspecto do céu. O colégio tem no ano de 1863 sua refundação definitiva, já como Colégio Nacional, sob o gênio de Bartolomeu Mitre, fundador da própria Nação, primeiro presidente argentino, militar de escol, historiador consumado, jornalista de raça e tradutor tarimbado. Mitre funda a Nação, o jornal *La Nación*, a história nacional e o Colégio Nacional. Mais tarde, na década de 1880, o colégio é berço da mais brilhante geração que a história argentina conheceu, como atesta Miguel Cané em seu já clássico livro *Juvenília*, e assim é que, na consolidação inestimável do Estado nacional argentino, o colégio tem, mais uma vez, um papel decisivo. O senhor Prefeito diz ter demonstrado dessa maneira, embora com palavras sucintas, que a história da Pátria e a história do colégio são uma só e mesma coisa. Decorre dessa comprovação a conclusão inconteste de que cada aluno do colégio, pelo simples fato de sê-lo, assume um compromisso patriótico sem igual, superior, inclusive, ao que pode alcançar qualquer outro argentino (fala, diz ele, dos argentinos bem-nascidos). Quando a Pátria requer, não há resposta mais pronta nem mais segura do que a que pode dar um aluno do colégio.

— Peço-lhes que pensem nisso. Especialmente agora.

O senhor Prefeito conclui, se despede e vai saindo da sala. Já havia cruzado a porta, apesar de ainda não ter saído de todo; o que acontece na sala ainda chega até ele, ainda lhe compete, e o que acontece na sala é o mais inadmissível, o que não teria podido acontecer: sem sentido e sem razão, Servelli solta uma risada. Uma risada curta, oca, uma risada sem malícia mas certa e perfeitamente audível. O senhor Prefeito, que já saía, pára. Por um instante permanece assim. Está de costas, mas o alvoroço da sua sobrancelha pode ser adivinhado sem sombra de dúvida. Demora um segundo. Não é um segundo de hesitação, mas de incredulidade, passado o qual o senhor Prefeito gira, volta sobre seus passos, entra de novo na sala. Sobe outra vez no estrado, de onde domina bem, com o olhar, a turma inteira. Cruza as mãos atrás das costas. Um dedo treme: é o médio. Nem o rangido das madeiras do assoalho se ouve agora. O senhor Prefeito interroga.

— Quem foi?

Ninguém responde. O senhor Prefeito aperta a boca e meneia várias vezes a cabeça, como entendendo algo que no entanto não irá comovê-lo.

— Quem foi que o diga.

Seu olhar se desfigura com o tremor de uma sobrancelha e motiva um repentino e involuntário pestanejar. Ninguém confessa.

— Quem sabe quem foi que o diga.

O pescoço do senhor Prefeito se contorce, os dentes procuram algo dentro da boca. Ninguém diz nada. Todos sabem que foi Servelli, porque a Servelli é que ri quando nenhum outro ri. Mas ninguém diz nada. María Teresa está situada bem perto do senhor Prefeito, igualmente de frente para a turma, embora não no estrado. Está confusa: também sabe que quem riu foi a Servelli. Ela se pergunta o que tem de fazer: dizer ou não dizer. Não pode hesitar, se vai dizer tem de dizer de imediato. Não sabe o que fazer. Por um lado, teme, e não sem motivo, que se ficar calada os alunos possam pensar que esse silêncio é cumplicidade, porque eles sabem que ela sabe. Então deveria tomar prontamente a palavra e declarar: "Foi a Servelli". Mas por outro lado percebe que o que o senhor Prefeito está querendo não é somente determinar quem foi que riu, mas algo mais, algo mais profundo e também mais transcendental: que quem foi confesse, ou que um colega denuncie quem foi. Para que esse propósito se consume, María Teresa deve se abster. Quando o senhor Prefeito pergunta se alguém sabe quem foi, não a está incluindo entre os interrogados. Ela é a inspetora da oitava 10, não um de seus alunos. Para manter essa distância, que a protege, deve permanecer estritamente calada. E assim fica, de fato, dividida entre a decisão de calar e o que dura sua indecisão, até que o senhor Prefeito dá por encerrada a espera e passa à tomada de medidas.

— A oitava série 10 receberá uma sanção coletiva de dez admoestações e permanecerá na sétima hora durante toda a semana.

Cada dia tem seis horas de aula, mas cada uma delas dura na verdade quarenta minutos. Esse lapso, com a soma dos três intervalos que se intercalam, cobre as cinco horas de relógio da turma da tarde: da uma e dez, hora em que se entra, às seis e dez, hora em que se sai. O colégio tem, fora isso, a faculdade de acrescentar mais uma hora nas seis que são de rigor, a sétima hora, seja por razões pedagógicas, seja por razões disciplinares. Nesses casos, os alunos devem permanecer no colégio até quase as sete da noite. A essa hora o edifício vai ficando vazio, ou quase vazio; esse ambiente de desolação, que é impossível dissimular, impõe maior peso ao castigo que pode ter sido administrado. Ouvem-se ecos de passos distantes e se distingue a evidência de que lá fora, na rua, já é noite ou já está anoitecendo.

Durante a sétima hora os alunos devem permanecer na sala, cada qual em sua carteira; não podem conversar nem cuidar de assuntos que sejam alheios ao colégio. Podem estudar, se quiserem. Mas se não quiserem estudar, não podem fazer outra coisa.

— Isto não é hora livre, senhores.

Tampouco podem passar bilhetinhos, mascar chiclete, relaxar o aspecto do uniforme nem distrair-se com jogos, mesmo que sejam solitários.

— Isto não é um prêmio, senhores. Não é um intervalo, estão de castigo.

O transcorrer da sétima hora também supõe certa exigência para os inspetores, precisamente porque não acontece nada, absolutamente nada, e é esse nada que eles têm de vigiar. María Teresa ocupa agora a cadeira dos professores, em cima do estrado que os hierarquiza, e olha para a turma. Os alunos estão quietos e calados, a maioria não faz nada. Ainda não é época de provas escritas, de modo que, embora um aluno do colégio sempre devesse encontrar uma tarefa a fazer ou pelo menos uma tarefa a adiantar, o caso é que as datas ainda não os apressam. Uns poucos ocupam o tempo com alguma leitura ou mordem a ponta de uma lapiseira, atolados numa equação de resolução improvável. Vários outros, porém, ficam simplesmente absortos, deixando o tempo passar. Conforme se considere, a sétima hora, aplicada como punição, pode implicar a pena de prolongar o tempo de estudo dentro do colégio ou, na falta desse, a pena de vivenciar a pura passagem do tempo: a passagem do tempo, e nada mais.

María Teresa cuida que nenhum aluno transforme a sétima hora em motivo de distração.

— O que está fazendo, Valentinis?

— Estou lendo, senhorita inspetora.

— Isso eu estou vendo, Valentinis. Quero saber o que está lendo. Uma revista?

— Estou lendo sobre música, senhorita inspetora.

— É algum material que o professor Roel lhes deu?

— Não, senhorita inspetora.

— Quer dizer que o que está lendo não faz parte da matéria de música?

— Não, senhorita inspetora.

— Então guarde.

Uma armadilha que a sétima hora tem é que os alunos podem optar entre fazer alguma coisa ou ficar simplesmente ali, sentados, olhando, e só, até dar as sete; já os inspetores não podem, mesmo que queiram, fazer outra coisa além de permanecer e contemplar. María Teresa percorre os rostos com vagar (se alguma coisa tem, é tempo). Fixa a atenção, por exemplo, em Capelán: seu jogo de mão ou de dedo no ombro de Marré se renova a cada formação e a cada tomada de distância; ela gostaria de detectar em sua fisionomia, como aspiravam a fazer todos os grandes cientistas do século XIX, um princípio de inocência ou um princípio de maldade que resolvessem seu caso de uma vez e não requeressem revisões posteriores. Depois se fixa na Servelli; é a culpada de todos os colegas, além de receberem pesadas admoestações, ainda estarem aqui, retidos e vencidos pelas leis do tédio; mas não há nada em sua expressão, tampouco em sua conduta, que denote algum tipo de remorso. Depois atenta para Cascardo: é tamanha a exigência que lhe impõe o livro que está lendo que suas orelhas de repente ficaram rubras, dir-se-ia que iam pegar fogo de uma hora para outra.

Percorre outras caras, quase sempre insípidas, e começa tudo de novo.

Enquanto não existem progressos nem obstáculos a esse simples exercício do poder, María Teresa se propõe apenas a fazê-lo durar até que a iminência das sete da noite autorize sua interrupção. Não espera nenhum sobressalto e não tem por quê. Não obstante, ela, a inspetora, que é quem observa aqui, se sente de repente observada. A princípio não detecta quem olha para ela, mas se sabe espiada sem dúvida nenhuma, porque é assim nesses casos; levanta os olhos com a clara decisão de encontrar esses outros olhos. E quem olha para ela, da sua carteira, outro não é que Baragli. Baragli olha para ela, e fixamente, mas também com uma expressão de indolência que poderia se tomar por desinteresse. María Teresa gostaria de entendê-la assim, mas há algo, não sabe bem o quê, que a impede. Gostaria de perceber nesse olhar nada mais que um ar ausente, uma demora anódina, a aflição moderada e vagarosa de não ter nada o que fazer. Gostaria de entendê-lo assim, mas há algo que a impede. Não sabe bem o quê. Não se decide a pensar se é sarcasmo, ou pior que sarcasmo, lascívia, porque se fosse sarcasmo ou se fosse lascívia ela poderia intervir categoricamente e acabar com a situação de maneira fulminante (não importa que o sentido de um olhar seja, por certo, impossível de comprovar: bastaria sua palavra e não haveria margem alguma de apelação). Baragli não está zombando dela, tampouco lhe dirige, estritamente falando, um olhar masculino, e não obstante, María Teresa tem certeza, não há plena inocência nesses olhos. Não a está provocando: se ela reagisse, essa reação seria excessiva. No entanto, é evidente que Baragli olha para ela em demasia, por tempo demais, fixamente demais. Apesar de tudo, olha com tanta astúcia que poderia alegar, se fosse o caso, que seu olhar estava perdido, que não olhava para nada em particular, que olhava para o quadro-negro, para a parede ou para o teto, que em sentido estrito olhava para a frente, e essa atitude é, por si, a mais inobjetável, e que não é culpa sua se na frente dele está ela. María Teresa se antecipa a essas alternativas e por conseguinte não faz nada. Trata de olhar para outras coisas, outras caras, ou de olhar vaziamente para o fundo da sala, assim como se espera que eles, os alunos, olhem para a frente; mas os olhos que fitam exercem uma atração irresistível, como bem sabem os estudiosos da história da arte, e ela mais cedo ou mais tarde retorna com seu olhar para Baragli, e descobre que Baragli ainda a está fitando. María Teresa baixa um pouco a vista, mas não para desviar de Baragli, e sim para examinar sua boca. Encontra o que supunha: aquela iminência de sorriso que tanta inquietação suscita. Se houvesse um riso, se houvesse um sorriso, se houvesse tão-só um movimento evidente numa comissura, seria fácil, para ela, tomar medidas, punir Baragli e encerrar o assunto. Mas ela não pode proceder assim com uma expressão que ainda não existe. Que está a ponto de existir, que se intui, que até se adivinha, mas que não existe. Não pode fazer nada, tão-só esperar. Esperar até chegar as sete da noite.

Por fim esse momento chega e termina a sétima hora.

— Muito bem, senhores. Peguem suas coisas.

Os alunos começam a sair da sala. María Teresa posta-se no vão da porta para supervisionar a saída. Essa posição lhe possibilita o controle simultâneo do claustro e da sala, dos que já saíram e dos que ainda não saíram. Claro que também obriga, ao se pôr ali, os alunos a passar bem perto dela. Um ou outro, sem querer, é claro, até a roça com a mala ou a borda do blazer. Quando Baragli passa, não olha para ela. Estranhamente ou não, ela não consegue decidir, não olha em absoluto para ela. Passa logo e com a vista esquecida de tudo o que não seja o chão ou os sapatos. Sua passagem no entanto lança, sobre ela neste caso, um aroma de não poucas reminiscências. María Teresa se vê de repente transportada para as noites em sua casa de infância; leva um instante para perceber que é seu pai que evoca: seu pai, depois do jantar, quando ela era menina, quando viviam na casa que tinha um quintal atrás e canteiros nesse quintal. Só um pouco mais tarde consegue estabelecer, afetada pela associação, que Baragli passou junto dela com um aroma idêntico ao daquelas noites perdidas e que esse aroma é o dos cigarros de tabaco negro. Seu pai fumava esse tipo de cigarros, uns cigarros que vinham em maços de listras douradas e verdes; já não são tão freqüentes, mas ainda se acham. O cheiro das suas volutas de fumo inundava a casa da meninice todas as noites, porque na verdade fazia parte de um ritual que não admitia exceções. Baragli agora, ao passar junto dela, lhe restitui esse cheiro ou a restitui a esse cheiro, e ela por um momento fica absorta, se não confusa, na porta da sala, à beira do fim do dia.

Quando sai à rua, um instante depois, e quando vai no metrô, mais tarde ainda, não se apagou totalmente aquilo que acaba de se produzir em sua memória e em seu semblante, e que age precisamente como poderia agir um aroma: um efeito que se impregna na roupa e no nariz, ou na lembrança, e que perdura para além de toda decisão. O que mais a mortifica, antes de tudo, é reconhecer-se suscetível, ver que um simples incidente do colégio perturba seu estado de espírito e até a machuca. E, depois, mortifica-a comprovar até que ponto a inquietude persiste: as estações do metrô se sucedem, deixando cada vez mais longe o colégio e o que aconteceu, e apesar de tudo ela não consegue se evadir desse mundo, do mundo que surgiu com o simples roçar de um aroma, esse mundo da casa, do quintal, dos canteiros, da noite, da infância, de seu pai, do fumo, do cigarro, de Baragli.

Ela não se liberta desse mal-estar até conseguir focalizar todo o assunto do ponto de vista do que ela antes de mais nada é: inspetora da oitava 10. Devia ter encarado a coisa assim desde o primeiro momento, mas só compreende isso agora, agora mesmo. Do ponto de vista das suas responsabilidades como inspetora da turma, tem outro motivo preciso para sua preocupação. É simples, e é óbvio, mas até aquele momento, o momento em que raciocina assim, tinha lhe passado despercebido: se o aluno Baragli, pouco antes das sete da tarde, passou por ela recendendo a tabaco, é porque andou fumando, e andou fumando dentro do colégio, e andou fumando durante o horário das aulas. María Teresa se regozija da sua dedução sem se censurar por não tê-la feito antes, no momento exato em que deveria. Não se recrimina nada, ao contrário, só se congratula. O resto será questão de tempo: assim o determina. E é nesse instante, nessa noite e nesse lugar às escuras em que passa por baixo da cidade que toma a decisão capital do que será seu projeto mais importante nos dias seguintes: pegar Baragli e todos os que compartilham sua conduta na situação concreta da infração às regras, ou seja, conforme se costuma dizer e conforme ela mesma pensa agora, pegá-los em flagrante.

Quando o senhor Biasutto se aproximar dela, numa tarde calma na sala dos inspetores e lhe recordar, surpreendendo-a de certo modo, que ambos têm uma conversa pendente, María Teresa declinará de contar-lhe o episódio que originalmente a impulsionara, isto é, a maneira libidinosa como Dreiman se encostava em Baragli na calçada do colégio daquela vez que ela viu, ou de fazer-lhe parte das suas suspeitas mais insistentes, de que há alunos que aproveitam a situação de tomar distância na formação das filas para realizar veladamente apalpações inadmissíveis, e em vez disso mencionará este outro caso, mais recente, mas também mais poderoso, que é sua firme presunção, mais que isso sua já quase certeza de que há alunos que armam estratagemas para fumar no colégio durante as horas de aula.

O senhor Biasutto, que a ouvia de pé, senta-se agora junto dela.

— O que a senhorita diz me interessa sobremaneira.

María Teresa ouve essas palavras com alívio; depois nota que o alívio se transforma em entusiasmo; depois nota que o entusiasmo evolui para o orgulho. O senhor Biasutto, que é o chefe de inspetores, aprecia seu trabalho. Dá-lhe razão, dá-lhe ouvido, acha suas suspeitas muito perspicazes e plausíveis. Em outros colégios pode ser que essa classe de transgressão faça parte do possível e que até seja considerada trivial: que os alunos se escondam para fumar nos banheiros é coisa corriqueira. Mas neste colégio se aspira à exceção, inclusive nesse ponto. O senhor Biasutto se exprime com a segurança que lhe dão os anos de exercício na função e o prestígio sem alarde da tarefa que soube efetuar no colégio. Tem experiência e do alto dessa experiência, que é como o estrado que os professores ocupam para dar suas aulas, conversa com María Teresa, que é a inspetora mais recente mas que, apesar de tão nova, já demonstra, e é ele quem o diz, as melhores condições.

O senhor Biasutto conta como foram os anos mais difíceis para o colégio e para o país. Uma etapa que felizmente parece ter sido superada, embora pôr fé nisso fosse o mais crasso erro. María Teresa sente que é esse o momento de lhe perguntar sobre as listas, o momento de lhe pedir que conte sobre a confecção das listas; mas não se anima e se cala. O senhor Biasutto concebeu uma comparação: a subversão, explica a ela que é novata, é como um câncer, um câncer que primeiro toma um órgão, suponhamos a juventude, e a infecta de violência e de idéias estranhas; mas depois esse câncer faz as suas ramificações, que se chamam metástases, e essas ramificações, que parecem menos graves, têm de ser combatidas de todas as maneiras possíveis, porque nelas o germe do câncer ainda palpita, e um câncer não acaba enquanto não for extirpado por completo. O senhor Biasutto desliza um dedo lento pelo bigode escuro, em atitude de lembrança. Já passou a etapa, diz, em que tínhamos de perseguir atividades ilegais e seqüestrar materiais de alta periculosidade (um dia, diz, confidente, baixando o tom e falando no ouvido de María Teresa, lhe mostrarei esses materiais, que conservo num arquivo da infiltração ideológica). O colégio e o país puderam sair airosamente desse período, mas de que adiantaria ter atacado o câncer se for para não nos preocuparmos com suas ramificações? O senhor Biasutto esboça um gesto, que deixa incompleto e que María Teresa não entende, um gesto que talvez teria entendido se houvesse existido totalmente, embora creia que consistia em segurar seu braço de novata, de inspetora novata, com a mão sábia e firme de um chefe de inspetores de trajetória imaculada. A mão se detém na metade do caminho, como que atacada de amnésia. Outra comparação nasce no mesmo instante da inspiração do senhor Biasutto: a subversão é um corpo, mas também é um espírito. Porque o espírito sobrevive e pode muito bem, às vezes, reencarnar num novo corpo. Fumar nos banheiros do colégio o que é? O senhor Biasutto faz uma pausa, mas María Teresa entendeu que essa pergunta era retórica. Em outra época, e em outro colégio, responde ele próprio, é uma travessura: a típica travessura da adolescência desencaminhada. Nesta época e neste colégio é outra coisa: é o espírito da subversão que nos ameaça.

O senhor Biasutto alisa os cabelos com as duas mãos, satisfeito porque sente que se expressou muito bem. Sabe que María Teresa começa a admirá-lo, antes mesmo que ela própria o saiba.

Juvenília

A mãe agora chora com maior freqüência, e com soluços e sufocamentos. O rádio a toda hora, mas especialmente de manhã, massacra os ouvintes com marchas rigorosas. Chegou entretanto outro cartão-postal de Francisco. É o mesmo postal de antes: uma vista panorâmica do obelisco de Buenos Aires. Poderia ser outra foto, parecida mas distinta, mas é a mesma da vez anterior. María Teresa comprova-o reparando no detalhe do coletivo vermelho que se vê passar pela rotatória. A mesma foto e a mesma piadinha: fazer de conta que ele está longe, ou que elas, a mãe e a irmã, é que estão, e que então o postal com a paisagem local tem para todos algum sentido. No verso do cartão, Francisco também repetiu a frase: "Não consigo me compenetrar".

Francisco deve ter escrito essas poucas palavras na mesa de alguma precária barraca onde come e a que provavelmente, e impropriamente, chamam de rancho, usando mais um dos cartões repetidos que, parece, comprou às dúzias. Como fazer a piada é o que lhe importa, e não que a piada faça rir, repete-a sem complexo. Fica claro que se diverte sozinho, que não está queren-

44

do alegrar a mãe ou a irmã. O que não imagina, o que não calcula, é que no meio está o correio e que o correio atrasa demais a chegada da sua mensagem. Quando o postal é retirado por María Teresa da mesa da cozinha, quando é aberto e lido com frustrada ansiedade, aquilo que ele mentia, que estava longe, se tornara verdade. Não está mais em Villa Martelli então. Foi transferido. Sem aviso nem explicações, nem há por que dá-las, ordenaram a ele e aos outros que juntassem suas coisas e que as fizessem caber nas mochilas, depois que formassem no pátio principal da unidade e, por fim, que subissem na traseira de um dos caminhões de frente curva, com a escassa cobertura de umas lonas mal amarradas. Não iam longe, mas tampouco perto: iam para um lugar chamado Azul. Demoraram horas para chegar.

María Teresa trata de sossegar a mãe, que a escuta mas não ouve, ou que quem sabe a ouve mas não entende, ou que em última instância a entende mas não acredita, com um argumento simples mas claramente insuficiente: Azul fica ao sul, é verdade, mas em todo caso não é o sul. Ela viu num mapa, consultado no colégio, na oitava série não se dá geografia argentina, mas no primeiro colegial sim. Azul fica na província de Buenos Aires, mais ou menos no meio, antes das elevações repentinas da serra de La Ventana e, acima de tudo, longe do mar, bem longe do mar. A mãe chora mesmo assim e se pergunta o que virá depois.

No colégio, a prioridade absoluta é preservar devidamente a atmosfera de disciplina e concentração para o estudo. Não ignoram as diversas alternativas do desenrolar dos acontecimentos, tanto que, de fato, o senhor Vice-Reitor, no exercício da reitoria, determinou o uso obrigatório de rosetas argentinas na lapela, decisão que afeta tanto os alunos do colégio como suas autoridades. Mas numa casa de estudos é isso precisamente, a aplicação ao estudo, que deve ser privilegiado. Na tarde em que, por razões que se ignoram, a sirene do jornal *La Prensa* soou e, devido à sua proximidade, se ouviu no colégio como se fosse difundida pelos altofalantes das galerias, não faltaram gemidos de inquietação e uma vaga fantasia de bombardeio. Inclusive os professores, ou sobretudo os professores, mudaram suas expressões para a comedida precaução ou para o medo declarado, conforme o caso e o temperamento, ao ouvir esse som só conhecido até então nos filmes. A sirene do jornal *La Prensa* soou durante quase um minuto naquela tarde, e nunca se soube por quê: se a acionaram acidentalmente ou se a estavam testando. O único som de fora que normalmente é capaz de chegar ao colégio, atravessando a considerável espessura dos seus históricos muros e a hermética vedação das suas janelas sempre fechadas, é o anúncio badalado de cada hora exata, de cada meia hora e de cada quarto de hora, emitido da torre do antigo Conselho Deliberativo com música idêntica à que, em Londres, caracteriza o Big Ben. Fora dessa contagem minuciosa da passagem do tempo, que o colégio recebe a uma quadra de distância, os dias de aula transcorrem como se o edifício do colégio não estivesse em pleno centro da cidade de Buenos Aires, mas sim no meio de um deserto. Nada do que possa soar lá fora consegue ressoar lá dentro. Mas a sirene do jornal *La Prensa*, instalada naquela célebre cúpula que embeleza a avenida de Mayo, soou lá fora como se estivesse lá dentro. E lá dentro, para piorar, todos se calaram, numa expectativa carregada de ansiedade. Durou um minuto, quase um minuto. Depois voltou o silêncio e nada aconteceu. Nada. Houve então risos nervosos, bastantes risos, coisa estranha no colégio, houve risos inclusive entre professores, ou sobretudo entre os professores. Passado esse minuto e passado seu desenlace, as aulas foram retomadas como se nada houvesse acontecido; não passou pela cabeça de ninguém que houvesse outra possibilidade, e de fato não havia. Só a ditadura de Rosas, que foi a maior tragédia da história argentina em todo o século XIX, havia interrompido as atividades de ensino no colégio, e nada semelhante devia voltar a acontecer, nem mesmo por um dia. María Teresa começa a pôr em prática sua intenção de vigiar os banheiros na hora dos intervalos. Normalmente os inspetores percorrem as galerias ao acaso, enquanto os alunos dedicam esse tempo a conversar, a repassar anotações de estudo ou comprar alguma coisa para comer nos quiosques que há em cada andar do colégio. María Teresa conserva, em suas idas e vindas de olhos bem abertos, a aparência do casual: um pouco por aqui, outro pouco por ali, como é típico de qualquer ronda de vigilância. Mas na verdade ela já não se move inteiramente ao acaso, e sim privilegiando esse trecho específico do claustro do segundo andar onde fica o setor dos banheiros. Em cada andar há dois banheiros, um masculino e um feminino. Cada banheiro tem duas portas, uma em cada extremo. As portas são de duas folhas, duas folhas de madeira pintadas de verde, de tipo vaivém, como se vê nos filmes de faroeste que passam na tevê sábado à tarde. Portas de vaivém que não chegam até o chão, e sim mais ou menos na altura das coxas, que têm de ser empurradas com o ombro ou esticando a mão para entrar ou sair, e que depois ficam oscilando num ou noutro sentido, precisamente com o movimento que lhes dá seu nome, com uma força que vai decrescendo até deixá-las paradas outra vez no ponto preciso em que ficam emparelhadas uma com a outra.

É o banheiro masculino que María Teresa escolhe. Se, de fato, como ela supõe, há alunos que fumam no colégio, tem de ser ali que o fazem, e não em outro lugar. O caminhar dos inspetores é sempre pausado, firme mas sereno. Ela tende a se apressar um pouco ao passar na frente das portas do banheiro, e sem dúvida tem de corrigir isso. Sem chegar a parar ali, o que seria inadequado, deve estender a duração do seu passo em frente às portas para ter chance de detectar o que quer detectar. Baixa a vista, não vá parecer que espia para dentro do banheiro masculino, coisa que, com o mecanismo que adotam as portas de vaivém, não seria nada impossível. O que ela quer não é olhar, o que ela quer não é ver, mas captar por meio do olfato se no segredo dos banheiros se verifica uma violação do regulamento. Esse exame seria, é claro, mais simples para um inspetor, porque teria a possibilidade de entrar ele próprio no banheiro. Mas María Teresa não pensa compartilhar suas desconfianças com nenhum colega, com Marcelo, com Leonardo, com Alberto; quer ser ela a descobrir o infrator e poder por fim apresentar o caso resolvido à consideração, seguramente admirativa, do senhor Biasutto. Do banheiro emana sempre um cheiro penetrante de desinfetante. Embora forte, agressivo até, é cheiro de limpeza. Ao longo do dia esse cheiro vai necessariamente diminuindo, afetado pelo uso contínuo do lugar e pela passagem consecutiva das horas; mas nunca chega a ser superado por esses outros cheiros, os mais típicos dos banheiros, os que nos banheiros das estações de trem, por exemplo, ou nos banheiros de certos bares imperam sem obstáculo algum. No máximo, chega-se no fim de cada dia a certo grau de neutralidade que não expressa higiene mas tampouco falta de higiene, isto é, a certo cheiro de nada ou à completa falta de cheiro. Como quer que seja, nada que indique, nem no começo do dia, nem no meio, nem no fim, cheiro de tabaco negro; nenhuma seqüela, capaz de permanecer no ar, de um aluno que acendeu um cigarro na relativa privacidade das latrinas fechadas, para tragar a fumaça e depois soltá-la, ou para soprar a fumaça sem nem mesmo a tragar, que é a maneira como muitos adolescentes fumam ou acreditam fumar. Francisco é a única pessoa, depois de seu pai, que María Teresa viu fumar de perto.

O senhor Biasutto não se interessou por essas investigações, cuja realização de todo modo desconhece, mas María Teresa sabe bem que se conseguisse descobrir uma evidência inconteste de todas essas irregularidades, que por ora tão-somente entrevê, o chefe de inspetores se mostraria sem dúvida contente e até reconhecido para com ela. Percebe-se que está particularmente atarefado nesses dias, talvez por isso não tenha lhe dito nada. Mesmo assim, quando se cruzam num corredor ou na sala dos inspetores, nunca deixa de lhe dedicar um gesto, geralmente um gesto de sentido difuso, mas que de qualquer modo exprime para com ela alguma forma de distinção ou deferência, ou que pelo menos lhe indica que ele tem presente aquela conversa tão especial que tiveram faz uns dias. É um período de bastante exigência no trabalho do colégio, há muito que fazer a toda hora, porque se entende que sem um esforço especial as coisas acabariam saindo do costumeiro. E não existe nada mais apreciado no colégio do que os hábitos.

As horas livres, por exemplo, que em termos gerais são admitidas somente como um acidente que ocorre em casos extremos, agora devem ser neutralizadas por completo. Os professores do colégio nunca faltam, citam-se por tradição casos dos que foram dar aula doentes, convalescentes ou horas depois de terem sofrido a perda irreparável de um ente querido, porque prefeririam faltar a um exame de saúde ou a um enterro a ausentar-se do colégio. Mas às vezes, em todo caso, e porque toda regra precisa da exceção para ser regra, algum professor falta. Claro que deve avisar com suficiente antecedência, e não há vez que não o faça com um remorso sincero, mas o caso é que então ocorrem horas livres no horário de aulas. Para as horas livres vigoram as mesmas regras de comportamento das sétimas aulas, embora os inspetores costumem dizer, das sétimas aulas, que não são horas livres. O senhor Vice-Reitor, no exercício da reitoria, realizou agora uma mudança no que concerne às aulas livres (uma mudança idealizada para a preservação da normalidade no estudo, para garantir que nada altere o império soberano da normalidade). Quando um professor se vê obrigado a faltar à aula, deve comunicar aos inspetores

49

das turmas afetadas não somente o aviso da sua falta, como sempre, mas também os conteúdos de uma tarefa pedagógica que os alunos terão de efetuar no transcorrer dessas horas, que, apesar de tudo, continuam sendo chamadas de livres. Os próprios inspetores são encarregados de passar as lições às turmas, supervisionar sua feitura e recolher os trabalhos, para fazê-los chegar posteriormente ao professor que faltou.

María Teresa vai ocupar agora a mesa sobre o estrado na sala da oitava 10, porque o professor Cano, que dá história, não virá dar aula no dia de hoje. Vai ser preciso cobrir duas horas: a quinta e a sexta, as duas últimas do dia. María Teresa manipula pela primeira vez o quadro-negro duplo que tanto viu e que, por um sistema que em alguma coisa a faz pensar no mundo do teatro, possibilita subir um para abaixar o outro, e vice-versa. Esfregando sem veemência o feltro do apagador, faz desaparecer da face da lousa uma equação com duas incógnitas que, pelo que se vê, deixou aturdidos os alunos da oitava 10 na hora anterior. O professor Cano, que vinha ensinando as guerras púnicas nas últimas aulas, deixou como lição a fazer na eventualidade da sua ausência, que agora se verifica, um exercício de análise e discussão de citações. O pó do giz que paira no ar depois de apagado o quadro-negro ainda enturva a vista e não se dissipou totalmente. María Teresa escreve no alto: "Leia atentamente as seguintes citações. Comente-as e relacione-as". Depois tosse ou pigarreia, esclarece que são doze as citações e que vai ditá-las. Dita com o mesmo equilíbrio de firmeza e pausa que emprega para percorrer os pátios durante os intervalos. De todo modo, sempre há alguém que é lerdo para escrever e que lhe pede para esperar. Ou alguém que não consegue reter as últimas palavras que disse e pede que repita.

A primeira citação que o professor Cano deixou e que María Teresa dita aos alunos da oitava 10 é de Sun Tzu. Antes de lê-la, vira-se e anota no quadro-negro, com letra de imprensa para ser mais clara: "Sun Tzu. *A arte da guerra*". Em seguida dita: "A essência das artes marciais é a discrição". Faz uma pausa. Repete: "A essência... das artes... marciais... é... a discrição". Outra citação: "O engano é uma ferramenta da guerra". Faz uma pausa. Repete: "O engano... é uma ferramenta... da guerra". Terceira citação, unida à anterior: "Lembre-se de que os inimigos também fazem uso do engano". Faz uma pausa. Repete: "Lembre-se... de que... os inimigos... também... fazem uso... do engano". Quarta citação.

— Continua sendo Sun Tzu?

— Sim, Valenzuela. Enquanto eu não disser o contrário, as citações correspondem à *Arte da guerra* de Sun Tzu. Quarta citação: "Não pressione o inimigo desesperado". Faz uma pausa. Repete: "Não pressione... o inimigo... desesperado". Quinta citação: "Vitória total é não ter chegado à batalha". Faz uma pausa. Repete: "Vitória total... é... não ter chegado... à batalha".

Até aqui Sun Tzu. Agora María Teresa vira de novo para o quadro-negro e anota, bem abaixo do que anotou antes: "Nicolau Maquiavel. *Da arte da guerra*". Dita a sexta citação, primeira de Maquiavel: "O que mantém um exército unido é a fama do seu general". Faz uma pausa. Repete: "O que mantém... um exército... unido... é a fama... do seu... general". Sétima citação, segunda de Maquiavel: "É preciso não levar o inimigo a uma situação desesperada". Faz uma pausa. Repete: "É preciso... não levar... o inimigo... a uma situação... desesperada". Agora o terceiro autor. María Teresa escreve no quadro-negro: "Karl von Clausewitz. *Da guerra*". Oitava citação, primeira de Clausewitz.

— Espere, por favor.

Oitava citação, primeira de Clausewitz: "Nenhuma outra atividade humana tem contato tão permanente e universal com o acaso quanto a guerra". Faz uma pausa. Repete: "Nenhuma outra... atividade humana... tem contato... tão permanente... e universal... com o acaso... quanto a guerra".

— Pode repetir?

— Não. Depois você copia de um colega. Nona citação, segunda de Clausewitz. Dita: "A guerra implica incerteza". Faz uma pausa. Repete: "A guerra... implica... incerteza". Décima citação. Terceira, e última, de Clausewitz: "Em muitas guerras, a ação abrange a menor parte do tempo e a inação, a maior". Faz uma pausa. Repete: "Em muitas guerras... a ação... abrange... a menor parte... do tempo... e a inação... a maior".

María Teresa poderia acionar o dispositivo dos quadros-negros, aquele que tanto lembra as tramóias do cenário teatral, para que a parte do quadro-negro em que tem de escrever agora fique justo na altura do seu peito. Em vez de fazer isso, se agacha. E assim, agachada, numa posição um tanto incômoda, anota, com uma letra um pouco pior por causa do incômodo, o dado do último autor da lista: "M. Zedong. *Escritos militares*". Depois dita a décima primeira citação: "Todos os que participam da guerra devem se libertar dos hábitos correntes e se acostumar à guerra". Faz uma pausa. Repete: "Todos... os que... participam da guerra... devem se libertar... dos hábitos... correntes... e se acostumar... à guerra". Por fim dita a última citação do trabalho, que é do mesmo autor: "Admitimos que o fenômeno da guerra é mais impalpável e oferece menos certeza do que qualquer outro fenômeno social". Faz uma pausa. Repete: "Admitimos que... o fenômeno da guerra... é mais impalpável... e oferece... menos certeza... do que qualquer outro... fenômeno... social".

María Teresa deixa em cima da mesa a folha com as citações que o professor Cano preparou. No quadro-negro já está escrito o que os alunos têm que fazer.

— Alguma dúvida?

Não.

— Nenhuma dúvida?

Não.

— Muito bem, senhores. Ao trabalho.

Os alunos abaixam a cabeça e se põem a escrever. Alguns, que ainda não começam, apertam a ponta da esferográfica nos dentes esperando, pensativos, que as idéias tomem a forma de palavras. María Teresa observa-os e se dispersa. É a última parte do dia que vai passando.

O cartão-postal seguinte que Francisco manda vem de Azul. Esse, ele mesmo tem de ter comprado. Deve ter comprado novo, mas já vem com as pontas gastas, como se alguém o tivesse empregado para marcar uma página na qual interrompia a leitura de um livro volumoso, se bem que o mais provável é que nunca ninguém o tenha utilizado nem para isso nem para nada, e que o leve arqueio e o raspado dos cantos do postal não se deva a outra coisa senão a seu extenso ciclo de envelhecimento na prateleira de metal de um bazar interiorano, sendo profusamente examinado e rejeitado por sucessivos representantes comerciais, motoristas de ônibus de longa distância ou professores primários substitutos.

A imagem que o postal oferece corresponde sem dúvida nenhuma à praça principal de Azul. Em seu centro se ergue a estátua de sempre, a do general San Martín enaltecido em seu cavalo, esticando, em direção ao horizonte, a partir do ombro um braço, e da mão um dedo. Dos lados se vêem fileiras de flores alegres, cujo colorido parece ter sido retocado para melhorar a foto. María Teresa já está pronta para encontrar não mais que um punhado de palavras manuscritas por seu irmão. Mas desta vez não tem nada, não escreveu nada. Só pôs sua assinatura, seu nome: Francisco. E nada mais.

No colégio ninguém sabe que María Teresa tem um irmão. Aliás, não têm como saber, já que à regra geral de parcimônia que impera no convívio ela acrescenta uma dose pessoal de retração e reserva. Na sala de inspetores, durante as horas de aula, acompanha as conversas, nas vezes em que há conversas, mas é pouco o que contribui para elas, e esse pouco consiste no mais das vezes em frases vazias de ocasião (que barbaridade, quem diria, não posso acreditar, não permita Deus: esse tipo de expressão). Durante os intervalos, os inspetores andam sozinhos, separados uns dos outros, para cobrir assim uma área mais ampla de controle nas galerias, e portanto não conversam. Além do mais, ela transita constantemente por aquele setor a que os outros não dão muita atenção, que é o dos banheiros. María Teresa não afrouxa em sua sorrateira vigilância da área. Ronda por ali com insistência, embora sem evidenciar uma preocupação especial. Por enquanto continua sem obter nenhum resultado positivo. Daquele recinto sempre provém o mesmo cheiro de desinfetante, com predomínio no bafo do que ela julga ser amoníaco, ou um ar denso mas inodoro, como já verificou outras vezes.

Para piorar, em Buenos Aires começou a fazer frio com mais intensidade, porque o inverno está mais próximo, e, sob as precoces rajadas do vento cortante das ruas, María Teresa sucumbiu aos sintomas de um resfriado contumaz. Por isso sempre traz consigo um lenço feminino, discretamente oculto entre a manga justa do seu suéter preto e os babados brancos da sua blusa, com o qual se assoa, e se assoa várias vezes, soprando até sentir a pressão do esforço nos ouvidos; mas mesmo assim o nariz torna a se congestionar na mesma hora, sem nunca ficar completamente desentupido. Não sente direito os cheiros, perdeu a sutileza do olfato, os matizes com certeza lhe escapam. Apesar disso se tranqüiliza com a segura convicção de que o cheiro de cigarro, se existisse, não lhe passaria despercebido, nem mesmo a distância.

Os banheiros ocasionam uma movimentação peculiar entre os alunos do claustro, e só agora María Teresa, que espreita e presta atenção, pode percebê-lo. Há alunos que vão ao banheiro em todos os intervalos, e até entram mais de uma vez durante o mesmo intervalo. Há outros alunos que, em compensação, nunca vão: parecem não precisar. Alguns só vão para permanecer lá dentro vários minutos, isto é, exclusivamente para satisfazer às grandes necessidades; e há outros que entram e saem com extraordinária rapidez, tanto que María Teresa fica pensando como é possível que se aliviem de maneira tão expeditiva, embora ela saiba, como todo mundo sabe, que nisso os rapazes não procedem como as moças, nem têm, depois, os mesmos cuidados de higiene. Ouve vozes de rapazes no banheiro ao passar em frente das portas; não é que queira ouvir, o que quer é cheirar, mas não pode deixar de ouvir cada vez que passa (também não quer ver, nem quer espiar, mas a vista às vezes se infiltra por conta própria nas frestas e entre as ranhuras, distinguindo, sem querer, partes das pernas, costas fugazes, uma mão em movimento). Há vozes, conversas, María Teresa as distingue, os rapazes quando vão ao banheiro ao que parece não se comportam da mesma maneira que as moças, as moças falam antes e depois do que fazem, mas o que fazem, fazem sozinhas, recolhidas inclusive, renunciando nesse instante à existência das outras. Já os meninos, María Teresa os imagina numa singular combinação de intimidade e vida social, porque a impressão que tem é de que não interrompem as conversas ao fazer o que fazem, que até enquanto fazem podem rir de uma piada que o outro contou ou deixar que o outro dê um tapinha amistoso no ombro, ou até olhar o outro nos olhos como se faz em qualquer conversa, e tudo isso María Teresa vai pensando só agora, nestes dias, em conseqüência da sua vigilância de inspetora, porque antes suas idéias sobre esse tipo de coisa eram bem diferentes ou, na realidade, mais que ser diferentes, não existiam de forma alguma em sua mente.

Ciências morais

O senhor Prefeito decidiu realizar uma inspeção. Convém fazê-la, sem dar aviso prévio, claro, com certa periodicidade, porque os costumes, não importa o empenho que se ponha em fundar e reafirmar valores, tendem a relaxar. São duas as prioridades dessa inspeção surpresa: os cabelos e as meias. Cada inspetor sabe muito bem o que o regulamento estabelece a propósito dessas duas questões. Mas uma coisa é conhecer o que o regulamento diz e outra, bem diferente, é supervisionar se é cumprido com o suficiente rigor. As meninas devem usar o cabelo preso, seja em tranças ou em rabos-de-cavalo, ajustado com fivelas e seguro com uma faixa azul. Não é permitida franja (não se diz expressamente, mas se pressupõe, que uma testa à mostra é sinal de inteligência). Os meninos devem usar cabelo curto: curto significa acima das orelhas e deixando na nuca um espaço livre equivalente a dois dedos de uma mão de tamanho normal. As meias devem ser, em todos os casos, de náilon e azuis. É simples observar que as meninas acatam essa disposição, porque usam *jumper* e as meias que calçam ficam perfeitamente à vista. No caso dos meninos a cons-

56

tatação se complica, já que as calças cinzentas e pesadas geralmente caem até encostar nos sapatos pretos, tipo mocassim. Para permitir o controle das meias, os rapazes têm de avançar uma perna, depois a outra, erguendo um pouco a barra da calça. Esse gesto envolve certa delicadeza que, evidentemente, não agrada aos garotos. María Teresa percorre a fila de alunos formada no claustro: já tomaram distância e estão em posição de sentido. As meias das meninas se ajustam às regras, todas, sem exceção. São azuis, são de náilon e estão levantadas. Depois passa aos meninos. María Teresa tem de se inclinar um pouco mais para ver bem e se precaver: como sabem que suas meias não ficam tão facilmente à vista, os rapazes são mais propensos a estar em infração. É o caso, por exemplo, de Calcagno. Suas meias são azuis, sim, como convém, mas não são de náilon e sim de toalha, são meias do tipo tênis, de uma marca ilustrada com o desenho da silhueta de um pingüim fazendo pose. María Teresa repreende Calcagno mas não o pune, toma nota do seu caso na lista e avisa que no dia seguinte vai verificar se suas meias são as indicadas. Calcagno promete se corrigir e a inspeção continua. Quando está para chegar a vez de Baragli, María Teresa tem uma espécie de mau pressentimento. Não sabe de que pode se tratar, se de meias vermelhas ou o quê, não sabe, é indefinido, mesmo assim adivinha um mau sinal, e isso sim está claro para ela. Vê as meias de Baragli, e são impecáveis. Azuis e de náilon. Mas para mostrá-las ele dá uma puxada excessiva na barra, levanta-a demais e assim revela, aos olhos aproximados de María Teresa, não seus sapatos engraxados e suas meias obedientes, mas uma parte da sua perna, uma faixa de panturrilha pálida, frisada por pêlos escuros, ele mostra isso, a faz ver, e ela se aproximou tanto que agora não pode negacear o detalhe cru daquela pele exposta. Baragli retira a perna e de imediato aproxima a outra. María Teresa não se recompõe, uma espécie de zumbido começa a estonteá-la, sente que suas faces ficaram

57

mais espessas e quentes. A outra perna: Baragli a avança, ela continua inclinada, não é a meia que vai lhe mostrar, não é sua irrepreensível submissão às regras do colégio, é a perna, é sua panturrilha, Baragli vai exibi-la, vai exibi-la para ela, sua perna de homem, seus pêlos de homem, uma faixa de pele descoberta entre o cinza da calça e o azul da meia. A barra desta vez sobe mais ainda, se vê mais pele, se vê mais perna, a panturrilha, María Teresa ficou vermelha e sabe disso, se endireita com certa tontura que a perturba, Baragli olha para ela, congela o gesto, a meia regulamentar e no meio aquela pele e suas manchas, sua textura em detalhe, o regulamento do colégio estabelece que as meias devem ser azuis e de náilon, Baragli cumpre indubitavelmente o requisito, María Teresa sofre uma tontura e por isso um zumbido, ou um zumbido e por isso uma tontura, e não se sente nada bem.

— Está bem, Baragli. Volte para a fila.

Continua a inspeção conturbada. Se alguém lhe apresentasse meias de outra cor, pretas ou celestes, algo bem chamativo, não deixaria de notar, mas uma falta mais sutil, como a de Calcagno, que usava meias azuis mas não de náilon e sim de toalha ou algodão, é algo que naquele momento poderia muito bem escapar do seu exame. Olha tudo sumariamente e gostaria de acabar logo com aquilo: não se sente bem. Não tem certeza, mas acha que por debaixo da sua blusa umedece-a um suor repentino e indesejado. Vai se recuperando, mas pouco a pouco. Pouco a pouco o sufocamento começa a se aliviar, o zumbido quase desaparece, seca a transpiração. Por fim chega a Valenzuela, o último da fila, que usa meias cinzentas, e María Teresa o repreende com uma voz que sabe que já não vai tremer.

— Suas meias, Valenzuela.

— Sim, senhorita inspetora.

— São cinzentas, Valenzuela.

— Sim, senhorita inspetora.

— E têm de ser azuis, Valenzuela.

— Sim, senhorita inspetora. Acontece que tive um problema.

— Que problema, Valenzuela?

— A secadora de roupa lá de casa quebrou, senhorita inspetora.

— O que acontece na sua casa não me interessa, Valenzuela. As meias têm de ser azuis.

— Sim, senhorita inspetora.

— Não cinza: azuis.

— Sim, senhorita inspetora.

— Amanhã.

— Sim, senhorita inspetora.

— Sem falta.

María Teresa anota Valenzuela na lista. Antes havia posto: "Calcagno: meias de toalha". E agora põe, pouco mais abaixo: "Valenzuela: meias cinza". Aproxima-se da segunda parte da revista. Mal consegue se firmar em seu equilíbrio precário, recém-recuperado, sem conseguir entender direito o que aconteceu consigo. Talvez, diz para si, uma queda abrupta de pressão, dessas descompensações que às vezes ocorrem quando alguém se agacha de repente ou, na verdade, melhor dizendo, quando alguém se levanta de repente depois de ter se agachado. María Teresa pensa que pode ter sido isso, que deve estar com a taxa de açúcar baixa, e decide que assim que chegar à sala dos inspetores vai preparar um bom chá com limão.

Com esses pensamentos em princípio se acalma, mas a inspeção geral vai recomeçar, conforme o senhor Prefeito acaba de avisar, e basta esse anúncio para que o mal-estar volte. O controle dos cabelos é também muito mais simples no caso das moças: é só dar uma olhada global para detectar se estão com fitas e fivelas, se o cabelo está preso e bem-cuidado, se tudo está como tem de ser. O cabelo dos meninos, em compensação, pode requerer uma perícia de maior precisão. O regulamento diz que tem de haver não menos de quatro centímetros de separação entre o cabelo e a gola da camisa: com dois dedos de uma mão de tamanho normal se calibra essa medida. Em muitos casos não há sombra de dúvida, porque o que se oferece à vista é uma nuca categoricamente raspada, que apresenta um aspecto semelhante ao dos campos arrasados por um incêndio. Então simplesmente não há dúvida. Tampouco há quando as mechas de cabelo se espicham e pendem até roçar a gola da camisa, ou mesmo, pior ainda, até tocá-la, e portanto a infração fica completamente em evidência. Entre uma alternativa e outra, porém, há um leque bastante amplo de casos duvidosos, casos difíceis de resolver de um só golpe de vista e que portanto requerem medição concreta do espaço que vai do pescoço à camisa do aluno suspeito. María Teresa não se sente muito disposta a tocar agora a nuca de nenhum dos rapazes. Não gostaria. Pensa nisso e não gostaria, e observa cada pescoço e cada corte secretamente amedrontada. Nota com verdadeiro alívio que o cabelo de Baragli está manifestamente comprido: não é preciso examinar em detalhe.

— Corte de cabelo, Baragli.

— Sim, senhorita inspetora.

Anota na lista: "Baragli: corte de cabelo". A mesma anotação para Cascardo, Bosnic, Tapia e Zimenspitz. Nenhum caso duvidoso se apresenta, até que chega a Valenzuela. Valenzuela, o último da fila. Os alunos recorrem, astutos, a seus macetes de sempre: inclinar a cabeça para a frente, puxar o pano da camisa para baixo por trás. Procuram inventar assim os quatro centímetros que a letra do regulamento exige. Valenzuela seguramente tenta, está tentando agora, neste exato momento, mas não consegue. Ela observa e calcula, com desejos de absolvição. Mas não é nem um pouco indubitável que dois dedos seus caibam ali, no espaço que vai da camisa ao cabelo. Pode ser que sim, pode ser que não. E María

Teresa não pode se arriscar. Se mais tarde, ou ali mesmo, o senhor Prefeito ou o senhor Biasutto descobrem uma incorreção, ela, como inspetora da oitava 10, seria a responsável por tê-la omitido. Tem então de tomar a medida que o regulamento prescreve, pousando para tanto dois dedos juntos na nuca de Valenzuela. A vantagem de ser ele o mais alto e portanto o último da fila é que ninguém vai ter diante dos olhos esse episódio: ninguém vai ser testemunha imediata. María Teresa se aproxima de Valenzuela, tem de levantar a mão um pouco para chegar à sua nuca, é indispensável que ao fazê-lo sua mão não trema, ou que, se tremer, ele não tenha como perceber. Apóia por fim dois dedos unidos na nuca do aluno. A nuca é quente, estranha ao tato, cobre-a uma espécie de penugem que não chega a ser pêlo, embora ao mesmo tempo não seja outra coisa senão pêlo, e que proporciona ao roçar certa suavidade. Dois dedos seus: o indicador e o médio, os da mão direita, na nuca de Valenzuela. O dedo indicador não chega a tocar esses fios de pêlo enrolados que Valenzuela tem como se fosse uma peruca, como se não fossem seus. María Teresa não deve se apressar, não pode apenas roçar e afastar logo os dedos, como se os encostasse num fio elétrico ou numa panela de água fervendo. Não pode deixar clara essa perturbação, tem de fazer a medição com toda calma e tirar suas conclusões sem pressa. O contato dura então um ou dois segundos, talvez três. Só depois ela retira os dedos da nuca de Valenzuela. Quando o faz, está certa de que o aluno não é passível de sanção nem de advertências.

— Está bem, Valenzuela. Mas não se descuide.

Fica mal o resto do dia. Ora aborrecida, ora aflita, não vê a hora de chegar de uma vez por todas em casa. No metrô, enquanto viaja, sente-se oprimida pela escuridão do túnel e por momentos lhe parece que ali embaixo falta ar. Quando chega à sua casa, como tanto ansiava, não se sente muito melhor. A companhia da mãe adianta pouco: passa as horas vendo televisão e às vezes ouvindo rádio ao mesmo tempo, mais saturada de conjecturas que de notícias, perita frustrada em temas de diplomacia e negociação internacional.

Quando dão nove horas e vem o jantar, não tem apetite. Nada de fome: nada. Sente o estômago revirado, às vezes até enojada. Olha no prato o mais trivial pedaço de frango, que a seus olhos se apresenta como uma maçaroca inusitada de carne agredida e ossos desagradáveis: uma coisa difícil de admitir, uma coisa impossível de comer. A mãe sugere que coma assim mesmo, alega que muitas vezes a sensação de enjôo se deve justamente a um longo jejum e que basta provar um pedacinho para que o malestar se desfaça. Persuadida pelo argumento, María Teresa tenta e leva à boca um pouco de comida. Mastiga uns minutos, custa-lhe engolir; quando por fim engole, violentando-se ao fazê-lo, é só para poder parar de mastigar. O resto do frango, deixa no prato. Diz que vai se deitar.

— Sem tomar banho?

Tomar banho lhe provoca a mesma rejeição que comer. A única coisa que quer é ir para a cama dormir, já estar adormecendo, já estar dormindo. Deixa a mãe comendo sozinha e meneando a cabeça; troca-se rápido, se enfia na cama para dormir de uma vez. Mas não adormece. Seu desejo mesmo de mergulhar no sono é tão urgente que a mantém desperta. Não consegue dormir. No máximo alcança o limiar do sono, como se ensaiasse o que é dormir, mas não consegue se desfazer de verdade do mundo da vigília e já está de novo de olhos abertos, feridos pelo brilho das frestas da persiana. Pela cabeça lhe passam imagens, talvez tenha adormecido e sejam um sonho, talvez sejam uma maquinação da mente (a maquinação que não a deixa dormir ou a que, mal começa a adormecer, a desperta). Misturam-se nessas imagens a perna de Baragli e a nuca de Valenzuela, uma coisa com a outra se misturam e se confundem, resultando desses contágios associações bem estranhas (por exemplo: uma nuca com pêlos de panturrilha, ou uma panturrilha com penugem de nuca, ou dois dedos que se estiram para tocar uma perna). María Teresa apela para o recurso que desde criança lhe serve para adormecer sempre em paz, sossegada e protegida; mas esta noite nem mesmo o rosário apertado numa mão lhe dá a calma de que necessita. Cansada pela insônia, decide se levantar. Encontra a mãe sentada na frente da televisão, com as luzes apagadas. O reflexo azulado da tela dá um aspecto vago ao ambiente.

— O que está vendo?

— As notícias.

Senta-se na outra poltrona e também assiste. Não está muito concentrada, seu pensamento divaga por regiões contíguas (por exemplo: se um dia comprarão ou não uma tevê em cores) e demora alguns minutos para notar que a atmosfera estranha do transcorrer das notícias não se deve, como supusera, à sua insônia ou às altas horas, mas a que o aparelho funciona com o volume reduzido a zero: pura imagem sem som, pura gesticulação.

— Não quer ouvir o que dizem?

— Dizem sempre a mesma coisa.

— Mas já que você está vendo, não quer ouvir o que dizem?

— Quando quero ouvir, ligo o rádio.

Na tela há um cantor grudado no microfone. Canta com os olhos sempre fechados mas, em compensação, abrindo a boca com exagero. Esse exagero na eloqüência se reduz a caretas, já que as expressões estão despojadas de som. Embaixo há uma legenda que diz: "Festival solidário". Vistas de bandeirolas argentinas agitadas com o punho erguido se intercalam na transmissão.

Depois aparece um pouco o apresentador de notícias do canal. Não é um dos principais, os principais são responsáveis pelo jornal das oito, à meia-noite sempre escalam alguém de segunda linha, às vezes um jovem em início de carreira, às vezes um velho que está a ponto de se aposentar. Vem a matéria seguinte: uma reportagem com um rapaz de barba negra que fala ao jornalista com ar pensativo.

— Quem é?

— Não sei. Acho que um cantor.

Aparece uma legenda na parte de baixo da telinha, dizendo: "Julio Villa".

— Ah, não, não. Pensei que fosse Gianfranco Pagliaro, mas não é.

As imagens que se vêem em seguida revelam que Julio Villa joga futebol. Aparece driblando, depois chutando, vestindo a camisa de listas azul-celeste e brancas.

— Joga na seleção, não é?

— Parece.

María Teresa vai adormecendo na poltrona, enquanto termina o noticiário e começam a passar um filme (cinema argentino, anos 1940: nem mesmo agora a mãe aumenta o volume da tevê). Dorme sem se dar conta, em parte vencida pelo cansaço, em parte pela chatice. A mãe decide não acordá-la para que vá se deitar, temendo que na mudança de um lugar para o outro volte a insônia. Em vez disso, traz uma manta e a cobre quase sem tocá-la.

María Teresa amanhece dolorida, com pontadas no pescoço e nas costas, antes de o sol raiar. É a primeira vez que gostaria de faltar ao colégio. Claro que não considera seriamente essa possibilidade, irá ao colégio e sabe disso, mas é a primeira vez que sente que preferiria não ter de ir, que gostaria de se afastar um pouco daquele mundo em que tem de fazer chamada, controlar a fila, levar o livro-texto dos professores, punir indisciplinas, estar permanentemente atenta, evitar fraquezas, apagar o quadro-negro, providenciar giz, manter as autoridades informadas, cuidar do patrimônio.

Chega ao colégio já cansada e desejando que o dia termine,

quando está apenas começando. A noite maldormida cobra a sua conta com o ardor nos olhos e a frouxidão dos joelhos. Até as vozes mais suaves lhe soam cavernosas, como se retumbassem, e ela fica mais presa a esse eco do que àquilo que as vozes dizem. Ao fazer a chamada da oitava 10, se escuta dizendo os sobrenomes como se fosse a primeira vez que os lesse e, em mais de um caso, confunde a palavra "presente" com a palavra "ausente". Por sorte, esse dia ruim não traz dificuldades outras: Calcagno veio de meias de náilon, Valenzuela veio de meias azuis, hoje mesmo Baragli, Bosnic, Cascardo, Tapia e Zimenspitz cortaram o cabelo, Valenzuela também cortou preventivamente, Capelán parece ter esquecido Marré na hora de tomar distância durante as formações. Nenhum professor falta: a professora Pesotto vem dar aula de física durante as duas primeiras horas, na terceira e na quarta vem o professor Schulz, para dar aula de latim, na quinta vem o professor Ilundain, para dar castelhano, e na sexta vem a professora Carballo, para dar geografia. O próprio cansaço ajuda María Teresa a deixar Baragli para lá, anulando suas prováveis atitudes, e, à parte a verificação de que cortou o cabelo, esquece-o durante toda a tarde.

Em torno dos banheiros não descobre nada, mas executa sua vigilância sem vontade e sem reais esperanças, por puro profissionalismo. Passa o dia quase sem ver o senhor Biasutto, e isso de certo modo a incomoda. O chefe de inspetores mantém contínuas reuniões com o senhor Prefeito e com o senhor Vice-Reitor, no exercício da reitoria, talvez ultimando detalhes para a organização do ato patriótico de 25 de maio, que se aproxima, e mal o vê na sala de inspetores ou nas galerias durante os intervalos. Seus contatos com ele durante o dia não passam de um cumprimento ocasional, superficial e a distância, e ela gostaria de ter, mas não tem, alguma novidade para lhe reportar.

O dia se encerra com a habitual entoação de "Aurora", enquanto a bandeira argentina é arriada e recolhida no claustro central do colégio. Os alunos, que normalmente se limitam a murmurar as letras das canções patrióticas, inclusive quando se trata das estrofes do hino nacional, cantam-nas esses dias com maior compromisso e melhor articulação. Entende-se o que dizem, em vez de deixarem tudo por conta da voz de soprano que brota gravada dos alto-falantes do claustro. Cantam claro e dizem: "Alta no céu/ uma águia guerreira/ audaz se eleva/ em vôo triunfal".

Numa reação estranha, que nem ela mesma explica, María Teresa completa suas obrigações do dia e, em vez de ir para casa assim que pode, estica com desculpas sua permanência no colégio. Não dá para entender, não dá para explicar, porque hoje menos do que nunca sentiu vontade de ir trabalhar, hoje teria querido ficar metida na cama sem ter nada que fazer, e se veio, apesar de tudo, foi por obrigação e por seu claro senso de responsabilidade. Fez bem seu trabalho, porque para ela não existe alternativa, segundo a educação que recebeu e os valores que defende. Claro que agora são quase seis e meia da tarde, os alunos da oitava 10 foram embora, ela própria terminou tudo o que tinha para fazer, já arquivou a lista de presença, já revisou o livro de ponto dos professores, já abasteceu de giz a sala da oitava 10, que amanhã às sete e dez da manhã será a sala da oitava 5, pode ir para casa quando quiser, já poderia estar na rua, já poderia estar perto do metrô. E no entanto fica. Não quer voltar para casa, assim como esta manhã não queria vir ao colégio, e fica. Nem lhe passa pela cabeça sair para ir a outro lugar, a qualquer outro lugar que não seja sua casa. Nem lhe passa pela cabeça. Seu leque de opções é mais simples: não quer voltar para casa, então fica no colégio. Nada mais a retém de maneira objetiva, ela inventa sozinha motivos para adiar o momento de ir embora. Revisa listas já revistas, repassa o livro-texto dos professores, arquiva fichas de punições já cumpridas, arruma o giz nas caixas de papelão, desenrola mapas da Ásia e da África para depois tornar a enrolá-los.

Às dez para as sete, sai da sala dos inspetores. O colégio está vazio. Nenhuma turma da oitava série tem sétima hora hoje, de modo que no claustro não se vê absolutamente ninguém. María Teresa vai sair, quase se poderia dizer que se resignou a fazê-lo. Vai fazê-lo, mas vai fazê-lo executando um rodeio. O caminho mais curto a levaria para as escadas que ficam no fim do corredor, as do lado da reitoria. Ela decide, sem saber por quê, descer hoje pelas escadas da outra ala, as que ficam mais longe, as do lado da biblioteca. Para isso, claro, tem de dar toda a volta, percorrer todo este claustro, passar em frente ao quiosque, passar em frente aos banheiros, chegar ao outro claustro, percorrê-lo também de ponta a ponta, e só então alcançará a escada pela qual pensa descer.

O quiosque está fechado e assim, fechado, apresenta a aparência do que mais claramente é: um simples cubo feito de chapas. María Teresa fica parada diante do quiosque, como se fosse ele que a detivesse. Mas logo muda de atitude, vira, não há ninguém; olha para a outra direção, também não há ninguém. No colégio o silêncio é total: não se escutam nem mesmo ruídos distantes. María Teresa apóia apenas uma das mãos no lugar certo das portas verdes. Com um leve impulso poderá movê-las. Sentese estranhamente tranqüila, quase feliz. Olha para sua mão apoiada na porta do banheiro masculino, e essa mão lhe comunica uma certeza, uma decisão: vai abrir aquela porta e vai entrar.

Sétima hora

A porta do banheiro chia ao se abrir. É impossível perceber isso durante o dia, quando as galerias se enchem de passos e de conversas. Mas agora, no silêncio, a porta solta um assobio que quase parece uma delação. María Teresa já pôs um pé no banheiro masculino, dá uma olhada e isso já confunde seus sentidos. É como se houvesse entrado, como acontece em alguns filmes, numa dimensão de irrealidade: num mundo com outras leis, sem gravidade ou sem infância por exemplo, ou num mundo de outro tempo, onde as coisas são as mesmas mas têm outro significado. Apesar dessa transformação repentina, pensa em tomar uma precaução da mais absoluta sensatez: em vez de soltar a porta depois de transpô-la, deixando-a livre para fazer o movimento de vaivém que lhe é tão próprio, leva-a ela mesma, segurando-a em cima com a mesma mão com que a empurrou, até emparelhá-la com sua folha gêmea, para detê-la no ponto justo em que as duas ficam alinhadas, sem que nada sobressaia para o corredor nem se ofereça à vista de ninguém.

O banheiro, como as galerias, tem um revestimento de azulejos até uma altura determinada, que María Teresa calcula em dois metros, e daí em diante, até os tetos inalcançáveis, as paredes são pintadas. Tudo igual, mas em tons mais claros: os azulejos são ocre, em vez de verdes, e as paredes estão pintadas de um amarelo bem claro ou de branco. Há quatro janelas na parte superior da parede do fundo. São muito altas, bem altas mesmo, e tão fechadas como todas as outras janelas do colégio. Para abrir uma dessas janelas é necessário mover uma dessas compridas hastes de metal, com um dispositivo especial na ponta, que só são obtidas na Intendência (e não sem a autorização por escrito do senhor Prefeito). María Teresa pondera que a fumaça que poderia se produzir pela situação clandestina de os alunos fumarem no banheiro não acharia a passagem dessas aberturas para escapar por elas, tampouco uma reconfortante renovação do ar ambiente, pela entrada limpa de um vento fresco. Nenhuma chance de dissimulação, nesse sentido. Mas pondera também, ao observar o recinto, que o lugar é tão espaçoso, as paredes tão afastadas, os tetos tão distantes, que dificilmente a fumaça turva do tabaco negro, caso existisse, deixaria de se dispersar em grande medida, de se diluir bastante, reduzindo assim as chances de ser detectada na averiguação. Qual desses fatores, em si contraditórios, teria maior incidência no caso, não consegue definir. Agora mesmo, que não fareja mais o banheiro de fora, mas que entrou resolutamente nele, não pode dizer, com toda a certeza, qual é o cheiro que predomina no ar. O do tabaco negro seguramente não, nem predomina nem subjaz; mas tampouco são nítidos os odores de todo banheiro, os da evacuação humana, nem mesmo, no fim do dia, os de desinfetante reforçado.

Em frente das portas por que se entra, mas não na mesma altura delas, há cinco recintos separados um do outro por paredes mais finas, cada um com sua porta também verde. Esses recintos existem numa escala menor: nem as portas chegam até o chão,

69

nem as paredes chegam até o teto. São redutos relativamente fechados, preservadores em grande parte de certa intimidade, mas não totalmente discretos: não completamente herméticos. Em cada uma dessas divisões há uma base de louça branca. No centro dessa louça há um buraco, duplamente escuro por estar rodeado de branco, e adiante dois contornos em forma de pé sublinhados por estrias que servem para evitar escorregões. María Teresa avança a cabeça e toma pela primeira vez conhecimento dessa classe de artefato. Imagina a situação do uso dessa peça sanitária: parece-lhe difícil manter o equilíbrio nela, difícil não cair para trás e ao mesmo tempo se inclinar o necessário para soltar o dejeto sem salpicar a roupa dobrada nos pés. Acha, além disso, um lugar incômodo e sumamente exigente no que diz respeito à pontaria. Em alguma coisa o banheiro masculino se revela semelhante ao das moças: na separação desses lugares de moderada privacidade, confirmando que há certa classe de coisas que toda pessoa pretende realizar completamente a sós. Mas em alguma coisa o banheiro masculino se diferencia do das mulheres: é que as mulheres contam com privadas para fazer suas necessidades. Privadas talvez meio elementares, algumas tanto sem a tampa externa como sem a tampa intermediária, a que serve para sentar; mas em todo caso uma opção mais moderna e satisfatória que esta outra que descobre ali, onde os rapazes devem sem dúvida cambalear e padecer, e muitas vezes defecar sem fazer cair onde se espera que caia.

Ela raciocina tudo isso no abstrato, com total inexperiência, no entanto acerta todas as suas deduções. Comprova-o ao olhar dentro desses recintos e encontrar diante dos seus olhos um quadro bem diferente do da higiene perfeita. Não é isso que lhe importa, porém, não é isso que está procurando. Examina deixando de lado o asco, em busca do que a traz ali: o vestígio de uma guimba esmagada no chão, um resto de cinzas caídas num canto. Explora com cuidado, mas não encontra nada. Descarta um a um os recintos como possível esconderijo, por não haver pistas em nenhum deles. Só dois ficaram sujos, os outros três estão bem, sem uso ou sem as conseqüências do uso. Enfia-se num desses três. Entra com um misto de inusitada decisão e indecisão, a mesma que experimentou no momento de entrar no banheiro. Entra e fecha a porta. Passa o trinco: a porta agora está trancada. Verifica no mesmo instante o efeito de privacidade, no que tem de suficiente e de insuficiente. Por um lado, está sozinha, perfeitamente sozinha, sem ser vista por ninguém, a salvo detrás da porta. Mas, por outro lado, é notório que a porta se interrompe na altura dos joelhos e que não há tetos nem paredes que contenham os sons.

María Teresa tenta fazer o que os meninos têm de fazer: põe os pés na silhueta dos pés da louça e se agacha, como se fosse sentar, embora a falta de assento a obrigue a ficar no ar. Verifica que um método possível para adquirir estabilidade é esticar as mãos para os lados e firmar-se contra as paredes. Não demora a se cansar, com um tremor nas pernas, mas isso pode ser por ter dormido mal de noite. O buraco ali embaixo, o buraco ali atrás, repele mas atrai. É o lugar das imundícies, é claro, mas também é claro que, do ponto de vista da forma, da pura forma, esses buracos são como o mistério: têm a forma dos mistérios. María Teresa repara logo que os homens não são como as mulheres, não têm o corpo igual; é óbvio, mas ela não tinha pensado nisso até agora. Uma mulher, por exemplo ela, poderia experimentar aqui a complicada postura de agachar-se pela metade e liberar-se ao mesmo tempo das duas urgências do corpo humano. Já os homens, ela sabe, têm uma coisa cilíndrica sobressaindo na frente, nunca viu mas sabe muito bem, porque todo mundo sabe, e não se explica como um homem poderia satisfazer ao mesmo tempo as duas necessidades do corpo nem como as duas se dirigiriam por igual ao mistério do buraco que tudo traga.

O costume de escrever coisas nas paredes dos banheiros é rigorosamente proibido no Colégio Nacional de Buenos Aires. Suas paredes estão limpinhas. Em outros banheiros públicos, os dos bares ou os dos terminais de ônibus, é comum ver inscrições diversas e, em geral, muito chocantes. Vem-lhe à memória um episódio da infância, num banheiro do terminal de ônibus de Río Cuarto, quando viajava com a mãe e o irmão para passar seis dias de férias no hotel sindical de Villa Giardino. O ônibus que os levava parou quarenta minutos em Río Cuarto, para o jantar. María Teresa pediu para ir ao banheiro e a mãe não a acompanhou: limitou-se a lhe mostrar uma porta sem realce e enfiar-lhe no bolso um rolo úmido de papel higiênico. María Teresa foi e sentou, e enquanto se aliviava em silêncio ensaiou a perícia recém-adquirida da leitura corrida. A maioria dos dizeres que havia nas paredes fustigava Onganía ou exaltava o Boca Juniors. Era o ano de 1969: em maio tinham ocorrido grandes protestos políticos em Córdoba e em dezembro o Boca Juniors ganhara o Campeonato Nacional. No meio dessas inscrições, María Teresa detectou uma mais discreta, em formato menor e escrita em preto, pronta porém para ser descoberta por quem a buscasse. Dizia sucintamente: "Chupo bocetas", e embaixo acrescentava um número de telefone. Na época ela já sabia da existência dessa palavra, que sua mãe nunca usava e ela mesma nunca devia usar. Era uma palavra de rapazes. As mulheres deviam dizer vagina, em caso de necessidade, e preferencialmente não fazer referências ao tema. María Teresa inquietou-se por encontrar aquela palavra de homens no banheiro de mulheres, aquilo a fez pensar que era possível um homem entrar naquele banheiro e chegar até onde ela estava, com a calça nos joelhos e a mãe distante. Limpou-se de qualquer jeito e saiu do banheiro às pressas, retardada a cada passo por obstáculos imprevistos, como poderia acontecer num pesadelo: a porta não se abria, o chão escorregava, duas senhoras obesas obstruíam a saída, depois perdia de vista a mãe e o irmão.

Passados os anos, María Teresa se lembra daquele episódio, talvez por ser mulher, e agora entrou no banheiro masculino. Claro que faz isso porque é inspetora, a inspetora da oitava 10, e tem um aluno nessa turma, um aluno pelo menos, chamado Baragli, e talvez mais alguns, que fumam no colégio, e não podem fazê-lo em outro lugar senão no banheiro. Fora dessa associação, aqui as paredes dos banheiros são impecáveis, ninguém escreve nada nelas, não há frases nem desenhos que firam a sensibilidade, em parte porque o ensino dado na instituição dissuade tais práticas, em parte porque a textura encerada dos azulejos dificulta em grande medida a inscrição de dizeres, ao mesmo tempo que facilita sua eventual eliminação mediante o simples trabalho de passar um pano úmido em sua superfície.

Na porta do banheiro, em compensação, que é de madeira, María Teresa percebe uns arranhados. Arranhados que à primeira vista parecem casuais, gretas da madeira, rachaduras causadas pela mera passagem do tempo. Com um olhar mais atento, porém, fica evidente que essas formas não se devem ao acaso, que foram traçadas por uma mão humana, que esses riscos e essas curvas um dia formaram ou quiseram formar letras e, com as letras, palavras. Nota-se, olhando com cuidado, que essas fissuras foram provocadas na madeira, talvez com um elemento cortante, como uma faca, ou talvez, se se pensar nos materiais próprios do universo escolar, com a ponta metálica de um compasso, e não que são aberturas que a madeira produziu por si mesma, por contração ou por desgaste. Alguém escreveu nessa porta uma vez e não o fez com tinta ou com grafite, não o fez com algum meio que depois tolerasse ser apagado, mas com um método mais drástico, com a ambição do indelével, algo próximo da gravura ou do entalhe: tirar fios de madeira da porta, arrancá-los, extirpá-los, para criar assim palavras e escrita. Não adiantou: o remédio administrado pelas autoridades do colégio consistiu em pintar outra vez as portas, igualando de novo a superfície da madeira ferida e suprimindo para sempre a existência do dizer que alguém um dia inscreveu. É o que se chama de uma solução expeditiva: uma mão ou duas da mesma tinta verde, e o escrito desaparece para sempre. Não obstante, com os anos, uma lenta decantação parece ter se produzido: a da madeira absorvendo a pintura. Um processo tão minúsculo e lento como costuma ser a incorporação de uma matéria aos poros de outra matéria, cada gota de grumo assimilada por cavidades invisíveis que chupam sem saber. E assim a porta do banheiro, a porta do banheiro masculino do claustro da oitava série do Colégio Nacional de Buenos Aires, recupera em parte o que nela foi escrito faz tempo. Não volta ao corte nítido, mas também não o perde de todo. Em seu lugar, se se prestar atenção, existe agora uma ligeira fissura, uma diferença de relevo apenas insinuado, que é mais fácil perceber com os dedos do que com a vista. Por isso María Teresa toca, toca a porta, do lado de dentro, com a ponta dos dedos. E assim vai descobrindo formas, como se fosse cega e lesse em braile. Formas, um círculo, uma linha que sobe, que desce, que sobe, que desce, uma curva estreita que não se fecha em cima: formas que fazem letras. María Teresa tenta ler, como se fosse braile, o dizer secreto da porta do banheiro. A primeira palavra não consegue entender. Alguma letra solta, um erre, talvez um pê, mas a palavra inteira não. Depois vem um o: redondo e de imprensa, um ou. E depois, quer dizer, abaixo, cinco letras que ela vai desfiando, uma a uma, até determinar que em sua combinação perfazem a palavra "morte". María Teresa, intrigada, faz novas tentativas com a primeira palavra, instando seus dedos cansados a sentir e compreender. Mas é inútil: neste trecho, a tinta vai ganhando a madeira, tapou-a e aplainou-a de um modo que a madeira não pôde reverter, ou atenuar, até agora.

A primeira palavra não dá para entender, continua perdida. Lê-se somente: ou morte.

María Teresa deixa a porta e volta ao buraco negro do sanitário. Quer verificar se é possível enxergar o que porventura houver caído lá dentro: fósforos apagados ou cigarros fumados pela metade. Firma-se com as duas mãos nas paredes, tal como antes fizera, mas agora sem se agachar e sem olhar para a porta. Posiciona-se com extrema cautela, não gostaria de escorregar. Espia: não vê nada. Absolutamente nada. O buraco se perde no negrume mais absoluto, como que evocando o que havia sido a origem rural dessa modalidade sanitária; não a cavidade de louça, não o tubo de descarga, não o esgoto, não a cidade, mas o poço, o poço sem fundo, o poço cego, o poço que se abre para a escuridão e se perde na profundidade anuladora da terra. Se os alunos do colégio atiram ali, como é possível que façam, os fósforos, a cinza e o que resta do cigarro, não haverá modo de encontrar vestígios, a não ser que cometam, vez ou outra, algum erro. Mais uma razão para proceder como María Teresa já resolveu fazer: surpreendê-los em pleno ato.

Solta o trinco, abre a porta e sai do cubículo. Está outra vez no setor geral do banheiro masculino. Em frente encontra quatro pias de formato mais para o pequeno, cuja pouca novidade se aprecia na existência de duas torneiras distintas, uma para a água fria e outra para a água quente, em vez de uma só que permita misturá-las e alcançar o evidente progresso que a água morna constitui. Em troca desse atraso, um avanço da modernidade: sabonetes coloridos, na forma de grandes ovos, se oferecem às mãos numa espécie de gancho de metal preso na parede. Esses sabonetes, esfregados e umedecidos, vão se afinando com o uso até desaparecer por completo e revelar o segredo do seu esqueleto de metal. Até isso ocorrer, recebem em sua redondez rastros de dedos, os dedos sujos dos rapazes no banheiro, perdendo, é verdade, seu tamanho, mas nunca sua forma nem sua cor.

Nisso o banheiro masculino também é igual ao banheiro feminino. E também o é nos dois espelhos que há na parede, em cima das pias. María Teresa, que não é muito alta, tem de ficar na ponta dos pés para se ver refletida num deles. Assim faz e se observa. É estranho, faz dias, dias ou semanas, que não se olha num espelho, e vem fazê-lo agora, no colégio onde trabalha, no banheiro masculino do colégio onde trabalha. Mira-se como é: o penteado geométrico, os óculos de sempre, a cara redonda, a boca ausente, a palidez. Vê-se como sempre: um tanto insossa. Sabe que não é bonita, sabe-o desde criança, mas, quando quis se pensar como feia, também não conseguiu se convencer. As feias muitas vezes atraem, sabe disso por causa daquela cantora, Barbra Streisand, que agrada um bocado ao seu irmão. Não sendo linda, poderia ter sido feia, mas também não é. Mira-se agora: tem cara de cansada. Está mais pálida que o normal, tem olheiras já quase violáceas e nos cantos da boca duas linhas hostis a ressaltam. Experimenta sorrir: quer saber que expressão lhe fica melhor, a seriedade ou o sorriso. Não se decide. Séria parece mais antiga, não velha e sim antiga, uma mulher de outra época, a figura possível de uma pintura medieval. Mas ao sorrir descobre seus dentes, dentes grossos demais, e acha que tem cara de boba. Uma solução intermediária, que não seja nem uma coisa nem outra, é a que se resolve como sua expressão insossa, que é a mais habitual.

Os pés se cansam de ficar em ponta: doem os dedos e também o peito, as partes que se dobram. María Teresa considera a conveniência de lavar as mãos antes de sair, dado que entrou nos cubículos mais reservados, que os xeretou, que tocou em suas portas e paredes. Decide-se e está a ponto de fazê-lo, mas bem então as duas extremidades do banheiro chamam a sua atenção. Sendo sua parte mais evidente, inclusive as que melhor se podem enxergar do lado de fora, as tinha omitido até então. A verdadeira peculiaridade do banheiro masculino, a que o distingue cabalmente do banheiro feminino, é justamente o que ali se encontra: a fileira dos mictórios. Em cada extremidade há cinco mictórios, ao todo são dez, embora sejam tão iguais de um lado e do outro, tão perfeitos em sua simetria que poderia muito bem haver somente cinco e, do outro lado, na verdade um grande espelho que se limitasse a reproduzi-los. Os rapazes, ela sabe, não se sentam para urinar. Sabe porque todo mundo sabe, mas além disso porque sua mãe sempre brigava com seu irmão porque molhava a tampa da privada, quando a tampa ficava abaixada e ele por desleixo não a levantava. É aqui que os meninos não se comportam da mesma forma que as mulheres, é aqui que os meninos tiram fora suas coisas da frente e fazem de pé o que as mulheres fazem bem sentadas e sem se pôr à mostra. Além do mais é aqui que os meninos renunciam sem rodeios ao decoro da privacidade, aqui ficam de pé enfileirados um ao lado do outro, como se fossem passantes que se detêm para olhar uma vitrine na rua, como se estivessem à beira de uma plataforma esperando a chegada de um metrô; mas não é uma vitrine o que têm na frente deles e tampouco as linhas vazias do trem que vai vir, mas os mictórios, a série de mictórios, e eles têm suas coisas da frente do lado de fora, nas mãos, e María Teresa se aproxima para espiar os cinco mictórios vazios onde isso tudo ocorre, como se aquele lugar abrigasse o segredo cabal dos fatos que nele acontecem, ou como se esses fatos tivessem um segredo que o lugar onde transcorrem pudesse revelar a quem lhe perguntasse.

Esses mictórios são grandes, retos como lápides, também marmóreos; partem mais ou menos da altura do peito e chegam até o chão. Periodicamente recebem, mediante um dispositivo automático, uma descarga de água que escorre por dentro e os lava. A evacuação da água se produz por um punhado de orifícios que podem ser observados embaixo. María Teresa observa com cuidado, inclinada para ver melhor, esse setor conclusivo; tudo indica que aquela trama de perfurações é insuficiente ou que os orifícios se tapam com excessiva facilidade, porque em vez de estar livre e limpa essa parte se apresenta como uma espécie de lamaçal em miniatura. Ali se junta a urina, restos de urina retida por horas, num alagamento espesso de improvável solução. Sua cor é igualmente espessa: densa e barrenta, é uma cor que não existiria sem o tempo e a imobilidade. Nesses lagos microscópicos bóiam coisas ou afundam coisas: papeizinhos, cabelos curtos, tampas de refrigerante, lascas de um lápis apontado. Cinzas de cigarro não, guimbas de cigarro não. Tampouco o fio dourado que se desprende dos maços de cigarro quando são abertos. María Teresa observa em detalhe, sem se dar conta de que ficou de cócoras. Justo nesse momento se ativa a descarga dos mictórios. Caem fios de água branca e escorrem pela vertente de louça vertical, e ela os contempla como se fossem a magra cascata de um arroio longamente privado do alimento das chuvas. Ao chegar embaixo, esses fios d'água provocam um ruído, sem chegar a ser um borbulhar, e um tremor da urina juntada e das coisas que ali ficam. A cor dessa bacia se clareia alguns tons. O volume do líquido aumenta, embora sem risco de transbordar, depois míngua em ritmo paulatino; o que revela que parte do que havia sido vertido ali se vai, que nem tudo o que foi vertido permanece.

Na postura que adotou, María Teresa fica na altura ideal para notar que o traço branco dos mictórios exibe, em sua parte média, a marca indubitável de uma coloração diferente. Ali se tornaram ocre, amarronzados talvez em alguns trechos, e a razão dessa tintura é evidente: essa é a zona exata em que impactam os fios de urina que os rapazes soltam. As coisas aqui, ela sabe, são diferentes do que sucede com as mulheres: aqui a urina não cai, vertida na direção da água, mas é expelida, lançada para a frente, com tanta evidência como a que têm essas coisas tão certas com que os homens a expedem. A linha brilhosa sai com força e golpeia, em vez de meramente roçar, a superfície branca do urinol. Ali onde impacta, ali onde insiste, começa a se perder a brancura, nesse lugar se forma um centro de irradiação e ao redor umas tantas linhas, de uma cor que não é a da urina, mas que a evoca. Sem um pingo de repugnância, María Teresa aproxima um dedo, o dedo indicador da mão direita até essa parte do mictório, e o encosta. Encosta-o e, depois de encostá-lo, esfrega-o. Talvez queira experimentar a resistência dessa impregnação; quer ver se, esfregada com energia, desaparece e se limpa. Ou talvez seja o contrário, justo o contrário, e o que quer experimentar é se o poder de impregnação é tal que, uma vez esfregada um pouco, essa cor passa para a ponta do seu dedo.

María Teresa retira o dedo, examina-o, cheira-o: está intacto. Não obstante, ao se erguer, retoma a intenção que tivera antes de empreender essa parte da sua investigação: abre uma torneira da pia contígua e começa a lavar as mãos. Esfrega-as circularmente no sabonete liso e suave onde os rapazes habitualmente esfregam as suas. Depois enxágua, preferindo a água fria. Não tem onde secá-las. Recorre então ao seu lencinho, o que leva consigo na manga desde que se resfriou, para tirar o grosso da umidade, embora saiba que não conseguirá secá-las totalmente.

Só agora, quando está para sair, ocorre-lhe pensar se algum integrante do pessoal de limpeza não estará por entrar no banheiro masculino para fazer o seu trabalho. São pessoas muito caladas, vestem guarda-pós azuis, seus nomes ninguém conhece e durante o horário das aulas quase nunca são vistos. É agora, precisamente, ao terminar o dia, que se dispersam pelo colégio para limpar, com grandes escovões de aspecto barbado, o chão das galerias, para desatar dos tetos as incipientes teias de aranha ou para liberar os banheiros das imundícies, a baldadas.

María Teresa espia lá fora e não vê nenhum deles. Sai do banheiro sem hesitar. Já está no corredor: num lugar que é de todos. Passadas as sete e meia, sai à rua. No seu entender faz menos frio agora do que ao meio-dia, mas admite que se trata de uma impressão pessoal. Não poderia garantir que a temperatura não havia caído com a chegada da noite.

Ciências morais

Os canteiros da Plaza de Mayo, bem cuidados como nunca, ajudam a tornar ainda mais cuidado o aspecto geral da praça. Não é a época do ano que mais favorece a prosperidade das flores, o mês de maio se acaba, o ar de outono da cidade oprime por sua opacidade, não menos que por seu peso. No entanto, as flores dos canteiros se erguem bem enfileiradas e bastante saudáveis, combinam com o jogo de água dos chafarizes sem marcas de pés, e o aspecto às vezes desanimado, às vezes caótico da praça principal de Buenos Aires nesses dias se neutraliza e se reverte na amabilidade de uma paisagem em harmonia. É o marco imprescindível, em última instância, para a comemoração cívica de um grande ato patriótico. Em poucos dias se realizará um novo aniversário da Revolução de Maio. Em frente ao Cabildo, que foi onde se desenrolaram os acontecimentos da história, se reúnem agora, em número nutrido e em perfeita ordem, espessos dignitários da Igreja, severos integrantes das forças armadas, representantes sucintos de diversas entidades sociais (ligas patrióticas, clubes secretos, associações de caridade, centros de filantropia), grupos dispersos do chamado público em geral e, sobretudo, as colunas perfeitamente educadas dos alunos do colégio.

É uma verdadeira exceção à regra: o desfile dos alunos pelas ruas de Buenos Aires ocorre tradicionalmente no dia 20 de junho, data em que se comemora o falecimento (na solidão e na pobreza) de Manuel Belgrano, herói nacional e ex-aluno do colégio. Nesse dia, véspera do inverno, os alunos saem à rua ostentando seus passos retos e a mais total flexibilidade para adotar as posições olhar em frente e descansar. Vão do colégio, que fica na rua Bolívar, até a rua Moreno, primeiro, e até a avenida Belgrano, depois. Viram na Belgrano e seguem até a Defensa, onde se encontra a igreja de Santo Domingo; os restos do prócer repousam na parte dianteira desse templo solene, rodeado de efígies gregas.

As circunstâncias são excepcionais e animam, por conseguinte, a abrir uma exceção: que os alunos desfilem pelas ruas um mês antes do costumeiro, no dia 25 de maio em vez de 20 de junho, ou em 25 de maio além de 20 de junho, e que o façam na direção oposta à normal: saindo pela Bolívar até a rua Alsina, depois para a Diagonal Julio Argentino Roca, até desembocar, diante do Cabildo precisamente, em plena Plaza de Mayo. Vão participar dos atos oficiais de mais um aniversário do primeiro grito de liberdade de toda a América do Sul. Chuvisca, venta e ninguém pode se queixar nem lamentar, porque a história conta que no dia do acontecimento, isto é, 25 de maio de 1810, também chovia e ninguém se importou.

As lentes dos óculos de María Teresa ficam embaçadas. Ela as limpa a cada tanto para ter certeza de enxergar bem. Os alunos da oitava 10 são, como sempre, os que estão especificamente a seu encargo, mas a ordem silabada com ênfase pelo senhor Biasutto ao corpo de inspetores, do qual é chefe, foi que todos vigiassem tudo. Não se temem más condutas nem algum ato de indisciplina: os alunos do colégio, insuflados de espírito patriótico, não vão ter outro comportamento que não o devido. Mas sabe-se que na cobertura do ato na praça vai haver jornalistas, e não só jornalistas da mídia local, por exemplo, a revista *Gente*, o semanário *Somos* ou o diário *La Nación* (fundado por Mitre, o fundador do colégio), mas também jornalistas de países estrangeiros, como França ou Holanda, que têm correspondentes no país. Os alunos do colégio são treinados antes de mais nada para a avidez pelos conhecimentos que lhes faltam, mas também o estão para o orgulho pelos conhecimentos adquiridos. As classes têm aulas puxadas de inglês ou de francês (quem faz inglês da sexta série ao primeiro colegial faz francês no segundo e terceiro, e vice-versa). Praticam rotineiramente as línguas com miss Soria ou com mademoiselle Hourcade. Ao saberem que no ato de 25 de maio haveria jornalistas estrangeiros, muitos deles se entusiasmaram com a possibilidade de praticar essas línguas com seus falantes nativos: francês com os franceses, inglês com os ingleses. Há sem dúvida uma motivação muito nobre nessa iniciativa, um desejo equivalente ao das aulas de exercícios práticos de química ou biologia. Mas os inspetores, muito precavidos, ao ficarem sabendo desses comentários, levaram-nos ao senhor Biasutto, e o senhor Biasutto fez o mesmo ao senhor Prefeito, e o senhor Prefeito fez o mesmo ao senhor Vice-Reitor, no exercício da reitoria. O senhor Vice-Reitor em pessoa percorreu as salas, uma a uma, para falar com os alunos do colégio e lhes explicar, com palavras simples mas eloqüentes, que lamentavelmente não se podia dar por garantida a honestidade dos jornalistas estrangeiros; que as eventuais perguntas destes podiam parecer perfeitamente bem-intencionadas, mas que as notas que depois escreviam para os órgãos de seus respectivos países podiam não o ser nem um pouco; que a declaração ardorosa que qualquer um deles podia dar diante da luzinha vermelha de um gravador portátil podia sofrer depois, e motivos não faltavam para temê-lo, gravíssimas alterações, com a maliciosa intenção de denegrir a imagem argentina aos olhos do mundo. Em conseqüência, as autoridades do colégio davam a ordem estrita de não manter em absoluto nenhum contato com os representantes da imprensa dos países estrangeiros.

Os alunos do colégio estão formados rígidos, de frente para o Cabildo, e os inspetores devem supervisionar a limpidez da sua atitude. Algumas pessoas de capa e guarda-chuva se aproximam.

— *Qu'est-ce que vous pensez de la guerre?*

Os alunos do colégio não respondem. Sorriem ou cumprimentam, ou fingem não escutar, mas de qualquer modo não respondem.

Chegada a hora, entoam-se as estrofes do hino nacional argentino. Os acordes musicais que acompanham as vozes não provêm, desta vez, das rugosidades de um disco percorrido por uma agulha, mas da vigorosa execução da fanfarra do corpo de Granadeiros a Cavalo General San Martín. Cessa o chuvisco, mas não o vento. Segue-se um inflamado discurso a cargo de um funcionário em trajes civis: um terno cinza-escuro e uma gravata combinando, debaixo de um impermeável negro que brilha com a umidade. Sua voz retumba. Não falta quem se emocione.

María Teresa esfrega as lentes dos óculos com uma pequena camurça alaranjada, mas não consegue lhes dar a transparência que gostaria. Põe novamente os óculos e os sente enevoados. Através dessa leve bruma, que traz consigo, observa os alunos da oitava 10. Parece-lhe estranho vê-los assim, formados como sempre, com seus uniformes e suas atenuadas expressões de sempre, mas fora do colégio, fora das galerias, fora da sala de aula, ao ar livre, à intempérie. Perde-se numa espécie de sonolência, até que o clamor compartido de um "viva a pátria!" a sacode e desperta.

O ato termina e começa a desconcentração. As nuvens não se abrem, mas o céu clareia. María Teresa percebe que o senhor Biasutto se aproxima dela. Vem tão intencionado que lhe dá a impressão de que vai lhe dizer alguma coisa. Mas não, não diz, fica por perto e se limita a lhe fazer um gesto com as sobrancelhas ou com a testa, algo que parece significar que está tudo em ordem. Ela insinua um sorriso de concordância.

Os alunos do colégio permanecem no lugar, testemunhas quietas da lenta dispersão dos homens de ornamentos violáceos, dos homens de gorro verde-oliva, das mulheres de lenço no pescoço, dos agitadores de bandeirolas de plástico. Só depois lhes é indicado que, mantendo a fila reta e o passo pausado, tomem o caminho de volta ao colégio. Eles também devem dizer, mentalmente, o ritmo repetitivo do esquerda-direita (pensá-lo, e não dizê-lo, como o um-dois-três, um-dois-três dos que aprendem a dançar e ensaiam passos novos na pista encerada), para andar perfeitamente compassados uns com os outros. Nas escadas do colégio, os inspetores controlam a entrada dos alunos. Sobem por turno, ano por ano. Ali, na porta, novamente o senhor Biasutto se avizinha de onde está María Teresa. A tal ponto parece evidente que quer lhe dizer algo de especial, que ela gira para ele e fita-o disposta a ouvir. Mas então ele baixa a vista, aperta-se as mãos, a linha esmerada do seu bigode treme. Não diz nada. María Teresa descobre que o importunou e volta de imediato a vista para os alunos do colégio, bem no momento em que os da oitava 10 iniciam a subida pelas escadas cinzentas.

Nessa mesma noite verifica que a exposição ao vento frio e ao chuvisco do outono a resfriou completamente. Por isso passa o fim de semana acamada, de vez em quando com uma ponta de febre. Tosse e espirra, com a garganta tomada, e a congestão contínua a adormece. Na sala de jantar, enquanto isso, a mãe passa o tempo com a televisão e o rádio; faz dias que fala a linguagem da tecnologia naval. De Francisco chegam dois postais, dois postais juntos, mas cada qual num envelope. Deve tê-los mandado com alguns dias de diferença, um na quinta, por exemplo, o outro na terça seguinte, ou um na segunda e o outro na segunda posterior, com uma semana de diferença; mas o correio de Azul, ou o correio da base de Azul, pelo que parece, reúne a correspondência em quantidade antes de despachá-la, toda de uma vez, aos respectivos destinos, e os distintos tempos de escritura se anulam e se fundem num único dia geral de envio.

Os dois postais são ilustrados com a imagem já conhecida da estátua de San Martín na praça central de Azul. Não são, contudo, perfeitamente idênticos, porque num deles as cores estão muito mais apagadas, como se a foto houvesse sido tirada num dia nublado (não é essa a razão, no entanto; esse postal, e o outro não, deve ter sofrido longamente a exposição à luz do sol em alguma vitrine escassamente renovada, e é sabido que essa luz, com o tempo, desbota). Francisco escreveu, no verso do primeiro postal, seu nome e sobrenome. No verso do outro cartão, o que mandou dias depois mas chegou no mesmo momento, escreveu somente seu nome.

María Teresa guarda os cartões-postais do irmão na gaveta da mesa-de-cabeceira, entre santinhos e fotos de família da sua infância. Nesses dias que passa convalescente, torna a olhá-los e lê-los, como se fossem longas cartas e contivessem histórias prolongadas. Chora e reza, às vezes pela paz, às vezes pela vitória, e sempre pelo irmão. Cochila o resto do tempo e sente-se melhor se se levanta para fazer companhia à mãe. Assistem juntas à tevê e fazem comentários esporádicos.

— Olhe, Marita, quer saber? Nunca gostei do mar.

À tarde jogam *rummy*, e a mãe ganha. Ganha porque tem mais intuição, mas também uma memória descomunal para as cartas que já passaram. Ao fundo, o rádio e a televisão não param: na tevê transmitem um longo programa destinado a arrecadar fundos, com abundância de lágrimas e doação de jóias, como as senhoras de Mendoza que haviam contribuído na história para a gesta libertadora do general San Martín; no rádio, alternam-se canções em castelhano e entrevistas com destacadas figuras do panorama nacional, que se pronunciam com emoção sobre o heroísmo e o frio. De noite, toca o telefone. É raro tocar o telefone em casa, nem María Teresa nem a mãe cultivam amizades; Francisco sim, mas Francisco não está; naqueles dias então quase ninguém liga. A campainha do telefone as sobressalta ao tocar.

— Quem será?

A mãe encolhe os ombros.

— Veja quem é, Marita.

Comportam-se como se num telefonema houvesse algo a temer. María Teresa arruma o cabelo com as duas mãos antes de se decidir a erguer o fone. A mãe a observa com expectativa. Ela parece perplexa, mas apenas escuta, do outro lado, a voz conhecida que cumprimenta entre zumbidos. O semblante muda para a alegria: é Francisco que liga, e liga do sul. Conseguiu umas tantas fichas para o telefonema, que é de longa distância; precisam aproveitar o tempo disponível para conversar porque não é muito. O irmão diz que está bem, não está mais em Azul, mas em Bahía Blanca, e que está bem; mas não quer falar de si mesmo, e sim perguntar por elas, pela mãe e pela irmã, dos seus dias de vida nova não tem nada para contar: elas que contem. Então María Teresa conta um pouco o que têm visto na tevê, as coisas que dizem no rádio; conta se embrulhando, nervosa pela surpresa, se atrapalha e, de repente, quase sem se despedir pela pressa, passa o telefone à mãe. A mãe dedica o tempo disponível, até se ouvir um chiado e depois o tom de ocupado, a dezenas de recomendações: sobre o agasalho, sobre a alimentação, sobre a febre, sobre os amigos, sobre fumar, sobre as rajadas de vento na noite, sobre a autoridade e a obediência, e sobre as vantagens de dormir bem. Não chora enquanto fala e tampouco vai chorar depois, quando o telefonema terminar e tiver de pôr o fone no gancho. De fato, nesses dias chora pouco, às vezes quase nada, muito menos em todo caso do que na etapa da Villa Martelli. Aperfeiçoa-se, isso sim, em temáticas navais, e fala de milhas e de nós, palavras que nunca usava. Os dois dias de repouso permitem que María Teresa se recupere da doença, melhor dizendo, que a evite, se se considerar que não chegou a ficar doente em sentido estrito. Segunda-feira retorna ao colégio sem seqüelas nem resquícios do que foi seu mal-estar, na verdade com uma energia que faz tempo não tinha. Sente-se mais segura e mais disposta a tomar iniciativas.

— Não se pendure, Capelán. Não se pendure que não é um poleiro. Tome distância, só isso.

Meditou conscienciosamente sobre o procedimento que vinha seguindo em sua investigação no banheiro masculino. Detecta seu erro: a experiência de incursão no banheiro depois da hora o revelou com nitidez. Seu erro foi prestar atenção no banheiro masculino durante os intervalos que há entre uma aula e outra, com a premissa de que quem quisesse fumar escondido no colégio o faria nesses momentos. Mas, agora que teve a vivência pessoal do banheiro vazio, do banheiro discreto e desolado, entende que se enganava em seus pressupostos. Se alguém, Baragli, por hipótese, ou Baragli com outros, fuma no colégio, como ela firmemente desconfia desde que seu olfato sensível lhe deu a pista, tem de fazê-lo no banheiro, sim, porque não há outro lugar concebível para tal, mas não durante os intervalos, como acreditou, porque durante os intervalos muitos alunos circulam pelo banheiro e notariam o fato, e quem viola as regras dificilmente se presta a ter tantas testemunhas. Os que fumam no banheiro, Baragli, por hipótese, ou quem quer que seja, têm de fazê-lo durante as horas de aula, quando as galerias e os banheiros estão desertos ou quase, quando os professores estão nas salas ensinando e os inspetores cuidam, na sala do seu andar, das tarefas administrativas. Deve ser então que esses alunos levantam a mão na aula, o professor vê e pergunta se têm alguma dúvida, eles respondem que não, que não têm nenhuma dúvida, mas a necessidade urgente de ir ao banheiro fazer suas necessidades. Os professores do colégio não gostam de autorizar as saídas de classe, e alguns deles não as admitem em nenhuma circunstância; mas em certos casos dão licença para ir ao banheiro, e os alunos saem. María Teresa modifica toda a sua estratégia a partir dessa descoberta. Não espia mais os banheiros durante os intervalos: não precisa. Em compensação, e segura de estar certa, toma sua decisão capital. Uma tarde, no fim do primeiro intervalo, isto é, no transcorrer da terceira hora de aula, escapole invisível da sala de inspetores, transita aérea pela solidão do claustro e se insinua em segredo no banheiro masculino. Já conhece o lugar, mas a situação é bem diferente: agora é mais que provável, e para ela é inclusive certo, que um rapaz possa entrar ali. Por isso se encerra sem demora num dos recintos fechados; tranca a porta e fica esperando. Com o passar dos minutos, em vez de se acalmar, que é o que costuma acontecer, vai ficando mais nervosa. A ansiedade aumenta na expectativa de que soe o rangido da porta de vaivém do banheiro, e esse esmero de vigilância adquire sua forma mais concreta. Um aluno há de entrar e María Teresa, que é inspetora, vale dizer, vigia, cuidará da retidão da sua conduta sem que ele saiba.

Ninguém entra no banheiro enquanto dura sua vigia, mas nem por isso ela desanima. Trata-se, ela sabe disso, apenas de uma primeira tentativa; nunca presumiu que houvesse um fluxo contínuo de alunos nos banheiros nas horas de aula, tampouco que o desafio de ir fumar ali fosse praticado permanentemente. O que está procurando é a exceção, não a regra (porque o que está procurando é nada mais nada menos que a transgressão da regra), e isso requer de sua parte tanto a virtude da paciência como a capacidade de não ceder e insistir. Sabendo disso, vai a esse mesmo lugar em horas sucessivas e em dias sucessivos. De certo modo, vai se tornando um hábito estar ali. Esse empenho começa a ter recompensa, embora relativa. Não pega, porém, nenhum fumante em flagrante; mas do seu ignorado posto de vigia começa a controlar a passagem dos alunos pelo banheiro. Por fim, um dia, sente um entrar. Sente a porta abrir e fechar, sente-a ondular, sente os passos do aluno entrando no banheiro. São poucos esses passos: não mais de dois ou três, os que o levam da porta ao primeiro mictório. María Teresa se aperta contra a parede e trata de atenuar até mesmo a própria respiração. Ouve tudo, sente tudo: o aluno parou na frente dos mictórios, que ela já conhece bem. Solta o cinto, abaixa o zíper. Agora deve estar tirando com os dedos aquela coisa da frente, deve estar segurando agora. Ela quase não respira, para não se delatar, mas entrevê que não é essa a única razão de o ar lhe faltar um pouco. Sente agora, com nitidez, o ruído líquido da urina que jorra, que se choca contra a planície branca e que escorrega, serpenteando, até o reservatório de baixo. Quando cessa o som, ela se lembra, porque seu pai assim exigia do seu irmão nas tardes da infância, que os homens ao terminar sacodem com a mão aquela coisa da frente, o que fazem para que, ao guardá-la, não goteje na calça. Agora o aluno deve estar fazendo isso, batendo suavemente ou fazendo ondular um pouco aquela coisa que os homens têm, e ela sem saber por que fecha os olhos, como se o fato de não ver desse maior segurança à sua necessidade de não ser vista. Depois, sem dúvida, o aluno a guarda, dobra ou embolsa na abertura da cueca, o zíper que antes desceu sobe, o cinto antes aberto se fecha, o aluno deixa de lavar as mãos, como a higiene exige, simplesmente dá três passos, os mesmos de antes mas em sentido contrário, empurra a porta e vai embora.

As mãos e os joelhos de María Teresa ficam trêmulos. Suou um pouco, apesar do tempo frio que está fazendo. Acredita que é pelo medo de que, pondo-se a descobrir, pudesse ser descoberta; mas calcula que com os dias acabará se acostumando com a segurança do seu esconderijo. De fato, os alunos passam sem desconfiar nem um pouco dela. Entram no banheiro, fazem e saem, sem examinar o entorno nem as partes do banheiro que não usam. Só quem viesse fumar tomaria eventualmente alguma precaução, mas essas precauções se aplicariam sem dúvida a constatar que não havia nenhuma autoridade *perto* do banheiro, sem nunca considerar a hipótese de haver uma autoridade, nesse caso ela, escondida *dentro* do banheiro. De qualquer maneira, até aquele momento, ninguém veio ao banheiro para fumar.

Suas ausências da sala de inspetores não despertam a desconfiança de ninguém, nem sequer do senhor Biasutto, porque é normal que no cumprimento das suas diversas tarefas os inspetores vão e venham. As galerias estão tão sossegadas durante as aulas que suas entradas e saídas do banheiro de rapazes se produzem com cada vez menos ansiedade. Já não teme que alguém possa surpreender essa conduta. Uma vez dentro, mal se encerra num determinado cubículo, sente-se totalmente segura. Os nervos não deixam de atacá-la, sobretudo quando um aluno entra no banheiro, mas ao mesmo tempo vai ganhando maior confiança com a repetição e o costume, e até se poderia dizer que, fazendo o que faz, se sente bem. Ela se explica isso com breves argumentos: está cumprindo de maneira cabal seus deveres de inspetora, e no dia em que por fim colher os frutos do seu empenho, descobrindo os alunos que fumam no colégio, se destacará perante os colegas e, em especial, perante o senhor Biasutto.

Às vezes está ocupada com outras coisas, por exemplo, fazendo a chamada na oitava 10 para controlar a presença, supervisionando a formação, indicando aos alunos que fiquem de pé junto das suas carteiras porque o professor que vai dar a aula está se aproximando da sala, e sente, enquanto faz isso, uma vaga ansiedade:

91

que a aula por fim comece e chegue o momento da sua incursão no banheiro masculino. Espera esse momento desde a manhã, inclusive, quando ainda está em casa e tem de sair para o colégio a fim de encarar um novo dia de trabalho. Nesse dia vão acontecer muitas coisas, algumas mais interessantes, outras, talvez a maioria, mais para neutras ou irrelevantes; mas dentre todas, María Teresa espera cada vez mais a que lhe permite introduzir-se e permanecer, agachada poder-se-ia dizer, embora literalmente não fique assim, no banheiro masculino. Esses minutos de espera e vigilância que passa escondida no banheiro logo se convertem no centro de gravidade dos seus dias no colégio. Tudo o que possa acontecer antes torna-se apenas uma espécie de prelúdio: a espera demorada do que verdadeiramente lhe importa. E tudo o que possa acontecer depois, no que resta do dia, quando já não terá de se enfiar no banheiro masculino, lhe parece nada mais que um epílogo: o epílogo de algo que já aconteceu e que, por si mesmo, nada vai acrescentar.

A única desvantagem que, do seu ponto de vista, essa conduta comporta é que seus contatos com o senhor Biasutto diminuem consideravelmente. Estando menos na sala de inspetores, que é onde o chefe de inspetores interage mais assiduamente com seu corpo de subordinados, ela tem menos oportunidades para trocar algumas palavras com ele, fora as do cumprimento e da cortesia mais geral. Não obstante, está convencida de que sua aplicação contínua na vigilância do banheiro deve ser sua ação principal no colégio esses dias, inclusive no que concerne à sua relação com o senhor Biasutto, porque na feliz resolução daquela guarda insistente encontrará finalmente um motivo para aprofundar seu apreço e sua relação. Razão a mais para sentir que todas as outras coisas que possam acontecer consigo são na verdade secundárias. Só no tempo que passa oculta no banheiro masculino María Teresa se sabe útil e se reconforta.

Sentinela

Os alunos que fumam no banheiro, Baragli e quem quer que seja, Baragli ou quem quer que seja, sem dúvida o fazem na proteção dos cubículos. Nos mictórios é difícil ou, mais que difícil, impossível que tentem fumar. Expelida naquele setor, a fumaça seria, nem digamos farejada, mas diretamente vista por quem olhasse de fora. Mas o caso é que a maior parte dos alunos que vêm ao banheiro se limita a passar pelos mictórios. Uns poucos vêm para lavar o rosto; se inclinam sobre as pias, juntam a água nas mãos em concha e refrescam os olhos e as faces com o evidente propósito, já que não faz calor, de espantar o sono e voltar para a sala com os sentidos mais alertas.

Passam-se alguns dias antes que um aluno entre e se meta num dos cubículos. Quem o faz escolhe precisamente o que fica bem ao lado do ocupado por María Teresa. Num primeiro momento, ela aumenta a atenção: está pronta para registrar o riscar de um fósforo, o fulgor da chama, a primeira aspirada que ele der, a primeira voluta de fumaça que gire e suba para a altura definitiva do teto. Mas logo compreende que o aluno não veio com esse fim, e sim com o mais esperável; então ela inverte na mesma hora sua disposição, procura anular, ainda que involuntariamente, tudo o que possa ouvir ou escutar, e só se preocupa com que o aluno, antes de sair e voltar para a classe, lave suas mãos com sabonete, coisa que efetivamente faz.

É estranho o que acontece: fica claro que suas esperanças de descobrir os fumantes clandestinos do colégio se devem aos alunos que vão aos cubículos, e não aos que vão simplesmente ao mictório. No entanto, algo como um sentimento de decepção toma conta dela no mesmo instante, quando percebe que o aluno que entra no banheiro faz isso para ir a um cubículo e não para se postar diante dos mictórios. Ela se explica o fato mais ou menos assim: cada um dos que vão ao cubículo e, portanto, não fumam, os quais por enquanto são todos, a coloca numa circunstância muito ingrata, a de assistir ao feio aroma e à feia sonoridade das precisões mais árduas (igual, ou parecido, ao que uma vez entrou no banheiro para vomitar). Em compensação, os que vão urinar, embora cancelem por definição qualquer possibilidade de fumar e de que ela os descubra, proporcionam certo agrado apesar de tudo muito difuso e não muito admitido. María Teresa já verificou a comichão esquisita que nasce em seu corpo no momento em que os alunos urinam, atribuindo-a prontamente ao fato de que sua vontade de urinar desperta ao sentir que há outra pessoa urinando; um pouco como acontece com os bocejos, que basta ver alguém bocejando para o outro se pôr a bocejar, ou o que passa com as risadas, que se todos riem o outro também começa a rir, até sem saber por quê.

Mas chega um dia em que sente mesmo vontade de urinar, e é bem diferente do que acontece todas as outras vezes. María Teresa, de qualquer modo, não repara nesse detalhe. Assiste como de costume à evacuação de um aluno; percebe-a em parte e em parte a deduz, e nesse transe sente-se premida por sua própria necessidade. Quer fazer. Parece-lhe de repente que até ia fazer na roupa. Agüenta com esforço até o aluno sair, apertando as pernas e querendo pensar em outra coisa. O aluno, para piorar a situação, demora a sair; é dos meticulosos, até lava as mãos. Quando por fim sai do banheiro, María Teresa diz a si mesma que terá de sair dali de imediato e correr para o banheiro. Só então compreende o que é mais que evidente: que já está num banheiro, que se quer se aliviar está de fato no lugar mais adequado. É verdade que não tem, como gostaria, uma privada onde sentar, nem papel para se limpar em boas condições. Mas, mal ou bem, trata-se de um banheiro; não tem por que se arriscar a ser descoberta por sair para o claustro com excessiva precipitação. Olha para a louça e se decide; vai urinar ali mesmo, no banheiro masculino. Gosta da idéia, sorri, segundo ela por ter encontrado uma solução tão pronta para o seu problema.

Encolhe um pouco, por necessidade, sua comprida saia xadrez. Depois, baixa as calcinhas até quase os joelhos, mas teme molhá-la ao urinar nessa posição inédita. Abaixa-a mais, quase até os tornozelos, mas nessa altura o risco de molhá-la ou, pelo menos, salpicá-la é até maior. Não sem muita dúvida, decide-se por fim e tira a calcinha. Agora aperta-a, embolada, como se fosse um buquê de flores de que arrancaram as flores, como se fosse um recado que não se pode esquecer, no punho da mão direita. É rosa, de beira rendada. Nunca antes tocou assim, nem viu assim, sua roupa de baixo. Ficou tão nervosa, parece, com isso tudo que a urina não sai, por maior que seja a vontade de fazer, vontade que não diminui nem um pouco. O truque do chiado comprido, que ajuda a relaxar e que seu irmão menor lhe ensinou quando eram crianças, ela não pode aplicar agora, porque sua diretriz primordial no banheiro masculino é nunca fazer nenhum ruído. Só lhe resta esperar.

Finalmente a urina começa a cair; cai como cairia uma gota

de orvalho de uma folha depois de ter ficado horas suspensa: como que por seu próprio peso. María Teresa sente isso com alívio. Dá gosto, dá gosto o que faz, ao que parece pela enorme vontade que tinha de urinar. Não conhecia essa sensação de estar vestida mas sem roupa de baixo, de saia mas sem calcinha. Vive-a como ela é: uma forma diferente de nudez; mais intensa, de certo modo, que a única nudez que conhece, que é a de tomar banho em casa. Levanta mais um pouco as pregas escocesas da saia e, até certo ponto surpresa consigo mesma, espia. Nunca fez isso, nunca pensou que seria capaz de fazê-lo: vê cair sua própria urina. É um fio amarelo e opaco que brota, ela sabe, das suas partes mais íntimas. Ao ver aquilo dessa maneira se dá conta de estar usando essas partes tão secretas aqui, no banheiro masculino. María Teresa evita que o jorro caia justo no meio do negrume do buraco, porque ali faria mais barulho e poderia chamar a atenção. Torce-o um pouco, torcendo-se um pouco a si mesma, para que atinja uma beirada curva da parte branca, onde se abafa e se dissimula. Quando termina, ainda permanece mais uns instantes assim: inclinada, com a calcinha na mão. Depois se enxuga com um pouco de papel que sempre traz consigo, arruma a roupa, vê que horas são, compreende que tem de sair do banheiro, que tem de ir embora, e vai. O claustro que a recebe está vazio e o quiosque, que ferverá no intervalo, está fechado e solitário.

Ao sair está satisfeita. Não sabe explicar muito bem essa satisfação. Afinal de contas, não conseguiu pegar nenhum dos fumantes clandestinos do colégio, que é seu único objetivo em toda essa iniciativa. Não conseguiu ainda, e no entanto está satisfeita. Concede-se a seguinte razão: vai conseguir mais cedo ou mais tarde. Por enquanto, está feliz. Todos esses dias, embora à sua volta o que predomina seja uma densa preocupação, ela está feliz. Chega contente ao colégio, sabendo que a espera todo um dia de trabalho como inspetora, e vai embora contente também, sabendo que no dia seguinte voltará. É verdade que de noite não pega no sono com autêntico sossego e que não poucas vezes acorda sobressaltada ou chorando por causa de algum pesadelo cujo conteúdo, porém, não consegue identificar. Mas se levanta contente, ainda que se sinta cansada, afetada pelo sono adverso, e não lhe falta vontade de ir para o colégio quando chega a hora.

Seu pai sempre dizia que tudo na vida é uma questão de costume. Com o passar dos dias, adquiriu tanto o costume de se esconder e vigiar no banheiro masculino que até incorporou o hábito de urinar lá todas as vezes. Já não espera, como no princípio, que a vontade a obrigue. Faz, simplesmente, e até gosta de fazer. Às vezes até não sente nenhuma necessidade, só essa comichão que lhe vem quando um aluno entra no banheiro, mas não no sentido estrito da necessidade de urinar. E ela, de qualquer forma, entra no cubículo e tira a calcinha, como se estivesse apertada, se bem que poucas vezes esteja. Muitas vezes acaba soltando só umas poucas gotas, por obrigação, às vezes nada, absolutamente nada, seca como os regulamentos. Essa falta de desenlace não a deixa em absoluto frustrada, tampouco a leva a se fazer indagações. Tudo isso se tornou uma maneira de passar as horas e de estar no colégio, já é uma rotina como outra qualquer. Também não lamenta que a constância da sua busca ainda não lhe tenha trazido o prêmio da punição dos infratores. Passam-se os dias e ninguém entrou no banheiro do colégio para fumar escondido. Às vezes entram à toa, ela se dá conta, e isso também é uma falta, mas não a falta que persegue. Vêm ao banheiro e não fazem nada, no máximo urinam um pouco, para disfarçar, porque o que queriam mesmo era sair um instante da sala para respirar. María Teresa sente-os: entram, dão uma volta diante das pias, dirigem-se chateados para os mictórios. Abrem o zíper da calça, remexem e tiram sua coisa, logo obtêm uns jorrinhos discretos, sacodem, arrumam, fecham, lavam as mãos, os que vêm pelo gosto de perder o tempo nunca deixam de lavar as mãos.

Uma tarde, um aluno entra no banheiro e ocupa o segundo cubículo. Não vem para fumar, e não fuma. Não expele nenhum cheiro: nem o do fósforo riscado nem o do fumo queimando. Mas tampouco os odores infames da evacuação mais grossa. Nenhum odor. María Teresa sabe, na intensa contigüidade da escuta, que o aluno soltou as calças; somente intui, mas nessa altura não há nada mais certo nesse lugar do que a intuição de que a coisa do rapaz já está para fora. Só que não sente a urina sair, tampouco os dejetos corporais mais severos. Sente, isso sim, a respiração do aluno, sente sua respiração com especial clareza, e agrada a María Teresa estar assim. Não sente nenhum cheiro, nem grato nem ingrato, e não ouve mais nada além da entrada e saída daquelas bolsas de ar espesso. Até que de repente aflora um aroma, mas um aroma que não destoa dos produtos que asseguram a limpeza do local.

Depois o aluno usa papel, amassa-o e atira-o no buraco negro, puxa a corrente (a velhice desses banheiros: não têm botão, mas corrente). Arruma a roupa e sai. Não importa a María Teresa o que ele fez, nem se não fez nada; o que conta é que não fumou, não acendeu nenhum cigarro nem soltou nuvens de fumaça flutuando no ar. E a ela, para dizer a verdade, não desagrada de maneira nenhuma, muito pelo contrário, ter assistido, em seu próprio segredo, apertada como sempre contra uma parede frágil, ao segredo daquele aluno ignorado. Não lhe desagrada, por mais que fique um tanto intrigada com o episódio. Soma certa classe de perguntas: quem era, o que fez, para que veio, para que esteve ali; mas faz isso sem exigir delas a rendição final de uma resposta. Respeita esse segredo. Talvez sinta que assim está pondo seu próprio segredo a salvo.

Em dias de provas escritas, míngua apreciavelmente a

afluência de alunos ao banheiro. Nenhum dos professores, nem mesmo dos mais permissivos, autorizaria a saída da sala de um aluno durante uma prova. É evidente que aproveitaria para consultar algum daqueles papeizinhos repletos de fórmulas e de respostas que costumam esconder nos bolsos e no elástico das meias. Sair da classe nas horas em que se faz um exame é pura e simplesmente impossível. Se algum dos alunos manifesta uma necessidade extrema, incontida mesmo, ou uma das alunas invoca tacitamente aquela circunstância das mulheres que é preciso administrar com discrição, a solução é muito simples: os alunos podem ir ao banheiro, mas para isso têm antes de entregar a folha do exame no ponto em que chegaram, e a prova escrita se dá por encerrada para eles. Se chegaram, por exemplo, à metade do trabalho, respondendo duas de quatro perguntas, ou resolvendo duas de quatro equações, e o fizeram sem cometer nenhum erro, tirarão cinco. Para serem aprovados na matéria, têm de tirar no mínimo sete. Os professores costumam comentar com entusiasmo, às vezes com os inspetores, às vezes entre si, como a vontade de ir ao banheiro dos alunos do colégio acaba logo, mal se procede à aplicação dessa regra.

— Viu? Afinal não era *tão* urgente.

Em compensação, há matérias que, por alguma razão, são vividas como mais fáceis, apesar de o fato de ser reprovado nelas também comportar a necessidade de prestar um exame final em dezembro ou em março, e eventualmente perder a condição de aluno (não se repete de ano no colégio: quem repetir tem de ir para outro, um dos colégios comuns, e essa diáspora é o estigma do fracasso pessoal). Essas matérias costumam ser, por exemplo, arte ou música, às vezes também castelhano (não na parte da gramática, mas na parte de literatura). As horas que se passam manchando folhas de papel, ouvindo árias ou recitando versos em moçárabe não são sentidas como tendo o mesmo rigor das horas de física, de matemática ou de história (ou as de castelhano, quando se trata de gramática: das orações subordinadas adverbiais e da correlação verbal). No transcorrer dessas aulas, dedicadas por exemplo à noção de perspectiva ou à integração da orquestra filarmônica em comparação com a orquestra sinfônica, é muito mais provável que os alunos solicitem sair da classe para ir ao banheiro, e também que os professores deixem. María Teresa está perfeitamente a par dessas circunstâncias. Sabe-as e as calcula. Em dias de provas escritas, é mais provável que ela ocupe seu posto de vigilância sem que nenhum aluno passe pelo banheiro para o que quer que seja (inclusive fumar). E quando alguma das turmas da oitava série, ou seja, as do claustro do segundo andar, tem aula de arte ou de música, é mais provável que a freqüência ao banheiro aumente.

Para María Teresa não é indiferente que a turma que tem aula de arte ou aula de música seja a oitava 10: a classe a seu encargo. Não deixa de pensar nisso uma só vez, quando ocorre. Porque o preço inexorável do segredo da sua presença no banheiro masculino é que a passagem dos alunos pelo lugar, apesar de por um lado revelar algumas intimidades muito preservadas, por outro nunca revele a identidade do aluno em questão. Só no caso de finalmente acontecer o que María Teresa sabe que acontece, isto é, que o aluno entre no banheiro e se ponha a fumar, ela poderia quebrar a regra do anonimato, dando a conhecer ao mesmo tempo a sua presença no lugar e seu longo trabalho de espiã. Não pode fazê-lo antes de isso ocorrer e, por enquanto, não ocorreu. Os alunos passam e ela os sente, assiste de fato ao seu proceder mais privado, sente seus esgares de alívio, sente o modo como tocam suas coisas. Mas nem por isso sabe exatamente quem são. Quando a oitava 10 tem aula de música ou aula de arte, ou quando tem aula de castelhano e o professor Ilundain decide destiná-la a uma dramatização improvisada de *La Celestina*, ela sabe, em sua calada espera no cubículo, que os alunos que virão ao banheiro serão com toda a probabilidade os dessa classe, isto é, os que ela melhor conhece e cujos nomes identifica. Poderá ignorar de quem se trata especificamente, de qual deles se trata afinal; mas em compensação sabe muito bem que é um dos que todos os dias vê formar, sentar-se, inclinar-se para guardar seu material, abotoar o casaco ao se levantar. Sabe que pode ser Baragli, Valentinis, Kaplan ou Rubio. Ou um dos outros da turma. E ela, um tanto secretamente, prefere que seja assim. A verdade é que prefere. A razão que ela se dá é que não lhe consta que em alguma das outras turmas da oitava série do turno da tarde, a 8 ou a 6, a 9, a 7 ou a 11, haja alunos que fumam escondidos no banheiro do colégio. Em compensação, lhe consta que na oitava 10, sim, há, ou que há pelo menos um, que se chama Baragli, que fuma ou fumou. Espera então com grande expectativa e, amiúde, mais que isso, com ansiedade, que cheguem as aulas dessas matérias para a oitava 10, e o sigilo da sua vigilância no banheiro durante esse lapso é mais excitante.

Às sextas-feiras, por exemplo, a oitava 10 tem arte na terceira e na quarta hora (não há intervalo entre elas, é o que se chama de bloco). María Teresa espera essas aulas desde de manhã, quando ainda está em casa, quando tira a mesa do café-da-manhã ou põe a mesa para o almoço, e sua mãe, enquanto cozinha, não pára de contar aviões. Espera essas aulas para entrar no banheiro masculino, dissimular-se no cubículo, aguardar que um aluno apareça e por fim senti-lo fazer. Cultiva muitas ilusões quanto à chegada dessas aulas. E quando por fim chegam as desfruta, e não lhe importa que, no fim das contas, nenhum dos alunos que passaram pelo banheiro fumou e ela proporcione um desenlace feliz à sua tão paciente espreita.

Pela mesma razão, fica frustrada e aborrecida na vez em que a oitava 10 tem aula de arte e ela não pode levar a cabo a rotina de ir se refugiar no banheiro. Habituou-se à idéia e espera impaciente que o momento chegue. Mas justo no intervalo precedente, quando o tempo que falta já é pouco e apesar disso a vontade aumenta, é chamada pela professora Perotti, que é quem dá essa matéria na oitava 10. Ela explica a María Teresa que a aula será teórica, quer dizer que não subirão ao ateliê, mas que se propõe a ilustrá-la com uns slides didáticos e necessita da sua colaboração para manipular o projetor. Ela mesma, a professora, não pode fazê-lo, porque tem de ficar junto da tela para ali destacar, ponteiro na mão, os aspectos das obras em que é preciso reparar especialmente. Tampouco pode encarregar um aluno da tarefa, porque quem ficar passando os slides no projetor se verá necessariamente menos concentrado na apreciação estética das obras projetadas. Em conclusão, pede que ela, María Teresa, que é a inspetora da turma, permaneça na sala durante a aula e a ajude a passar os slides.

María Teresa, que, de qualquer modo, não poderia se negar, aceita sem hesitar. Em outros tempos, esse pedido não lhe teria causado nenhum incômodo. Colaborar incondicionalmente com os professores do colégio é parte das obrigações que cabem a qualquer inspetor. E não é que agora queira renunciar a essa tarefa, nem muito menos recusá-la em princípio, mas saber, como agora sabe, e sem sombra de dúvida, que haverá as duas horas de aula de arte na oitava 10, que os alunos da turma, como sempre fazem nas matérias mais fáceis, sairão para o banheiro e que ela, María Teresa, a inspetora, não estará lá lhe provoca uma contrariedade tão acentuada que lhe custa dissimulá-la.

Essa situação poderia ser suficiente para estragar seu dia inteiro. De fato, há coisas que têm o poder de arruinar todo um dia, embora ocupem, no conjunto, tão-só uma pequena parte deste. María Teresa se amargura com a sensação de que toda aquela sexta-feira está perdida. Por sorte sua, e para compensar o aborrecimento ou suprimi-lo inteiramente, o pedido de colaboração da professora Perotti não é o único que se dá ao longo desse primeiro intervalo. Também acontece que se aproxima dela, levando-a para um canto do claustro, o senhor Biasutto, chefe de inspetores. Ele a guia até a parede pondo uma mão grossa em seu braço dócil. O bigodinho estreito do senhor Biasutto se torce por causa de um sorriso laborioso. O senhor Biasutto comenta com María Teresa que achou sumamente interessante a conversa que os dois tiveram outro dia. María Teresa consegue pensar, mas não dizer, que ela também achou sumamente interessante a conversa. Não diz, não chega a dizer, porque o senhor Biasutto se apressa a acrescentar que gostaria muito de poder retomar a conversa e estendê-la sem pressa no tempo. María Teresa enrubesce mas concorda. O senhor Biasutto ratifica sua proposta de irem tomar um café, um dia, ao saírem do colégio, em algum bar da redondeza que lhes pareça acolhedor. María Teresa fica ainda mais ruborizada, até sentir um leve ardor nas bochechas, e em sua perturbação não é sequer capaz de assentir. Não obstante, e mesmo sem esse gesto, fica claro que está aceitando o convite, e o senhor Biasutto assim entende.

Juvenília

Cándido López foi um soldado do exército argentino durante a Guerra do Paraguai. Essa guerra, também conhecida como da Tríplice Aliança, se prolongou por cinco anos: começou em 1865 e terminou em 1870. Três países se uniram na ação bélica (Argentina, Uruguai e Brasil), daí a denominação que o conflito recebe, para aniquilar um quarto país (Paraguai). Não faltam os que entrevêem os murmurados desígnios da Grã-Bretanha no impulso inicial dessa guerra. No colégio, de qualquer modo, sempre se teve um olhar de apreço histórico pela Guerra do Paraguai, já que foi dom Bartolomeu Mitre, o general Mitre, há que se dizer neste caso, que a começou e que a conduziu durante seus três primeiros anos. Bartolomeu Mitre, o fundador do colégio, embora falhando um pouco em seus prognósticos iniciais sobre a duração que a campanha teria, foi quem guiou as armas da Pátria nesses distantes territórios denominados com sonoras ressonâncias: Curupaití, Tuyutí, Tacuarí. É certo que Mitre vaticinou que em apenas três meses estaria entrando em Assunção, e que somente uns três anos depois deixava a presidência sem tê-lo conseguido;

mas essa imprecisão em nada empana o brilho desse homem que escrevera a história dos dois maiores próceres da argentinidade, fundara o jornal de maior tradição e prestígio do país, fundara o colégio mais importante de todos, traduzira a *Divina comédia* de Dante Alighieri com bastante fidelidade e conseguira para sempre a unificação política do território nacional. Examinando bem, também acabou vencendo a Guerra do Paraguai, e essa vitória conta entre os louros do general Mitre não menos que entre as glórias bélicas da Nação Argentina, cuja bandeira, vale ressaltar, é orgulhosamente invicta nessas lutas.

María Teresa ouve a aula enquanto prepara o projetor. Brota do interior do aparelho uma luz amarela bem parecida com a dos vagões do metrô da linha A: uma luz que parece vir de outro tempo. Também brota um ar quente, como de respiração. María Teresa acomoda os slides no carrossel. Confere-os para que sigam a ordem numérica prevista e para que nenhum fique posto ao contrário e, portanto, tudo se apresente de cabeça para baixo. Confere também que não vá suceder uma dessas piadas que os alunos às vezes perpetram e que consiste em introduzir um slide estranho entre os que compõem o tema da aula. Assim, por exemplo, vão passando as imagens esperadas das colunas jônicas e dóricas, ou a mostra de baixos-relevos assírios e, de supetão, sem que nada anuncie, irrompe na projeção a vista surpresa de uma cena familiar, duas crianças e seus pais sorrindo com o mar das praias de Miramar ao fundo. E essa não seria a pior das possibilidades. Contam que uma vez, anos atrás, um professor de história ilustrava sua aula com imagens coloridas de Napoleão Bonaparte e, de repente, entre uma vista imponente do Grande Corso montando um cavalo branco e outra da sua coroação como imperador na catedral de Notre-Dame, apareceu, sem aviso, a imagem inaudita de uma mulher pelada (uma atriz dos Estados Unidos, chamada Raquel Welch) que deixava ver seus seios entre gargalhadas e cabelos ao vento.

Nada disso ela quer que aconteça agora. María Teresa se certifica: não há no carrossel mais que vinte e quatro slides que reproduzem quadros de guerra pintados por Cándido López. O projetor foi colocado na segunda carteira da terceira fila, bem no meio da sala, apontando para a tela que a professora Perotti pendurou no quadro-negro. Para manejá-lo, María Teresa teve de ocupar o lugar de um dos alunos (o lugar de Rubio, que passou para a carteira de Iturriaga, que faltou). Nunca antes estivera sentada ali. Nunca antes havia visto as coisas como os alunos vêem. O estrado da frente se destaca mais alto, as lousas parecem ocupar a parede inteira, a porta fica mais longe, as janelas fechadas também, e não é tão fácil movimentar-se entre as carteiras de madeira aparafusadas no piso, dado que o tampo de uma carteira é incorporado ao encosto da carteira da frente. Quem fica sentado atrás de Rubio, na rotina de cada dia, e agora atrás dela, enquanto durar essa aula, outro não é senão Baragli.

Cándido López combateu sob as ordens do general Mitre. Fez as coisas que se fazem em toda guerra: tratar de matar e não se deixar matar. Suportou como pôde, igual a todos, o fragor das batalhas do Paraguai, que foram especialmente cruentas. Mas não se limitou ao desempenho heróico ou resignado do bom soldado obediente. Fez mais, fez o que não se esperava nem se pedia que fizesse: dando mostras de talento e poder de observação, traçava esboços a lápis de diferentes cenas da campanha das tropas argentinas, inclusive as do caos disciplinado dos combates abertos. A notícia chegou aos ouvidos de Mitre: nas fileiras havia um soldado que executava croquis, para pintar com eles um dia grandes quadros da guerra. Mitre quis conhecer esse curioso soldado pintor; recebeu-o, viu seus desenhos, quis saber seu nome, estimulou-o a prosseguir. Cándido López captava muito bem a extensão do muito céu, a aparência da terra socada, a umidade rugosa dos charcos, a disposição, reunida e às vezes dispersa, das tropas no terreno.

Na batalha de Curupaití perdeu uma mão, a mão direita: a mão com que pintava. A explosão de uma granada mutilou-a irremediavelmente. O ferimento que o projétil produziu não sarou como se esperava e com os dias acabou gangrenando. A perda aumentou: foi preciso amputar seu braço. Impedido, nessas condições, de continuar a guerra, foi mandado de volta a Buenos Aires. A guerra da Tríplice Aliança, que para a história continuava, para ele terminava. Desde então exercitou a outra mão, a que era menos hábil, mas que agora era a única, até adquirir a perícia necessária para pintar, e pintar bem. Conseguiu, como se conseguem as coisas: por constância e decisão. E assim começou a realizar sua grande obra: a mostra total do que foi a guerra.

A professora Perotti faz um gesto a María Teresa, que significa dar início. O mecanismo do projetor é tosco e simples. Parece que trava, mas não trava, é sua maneira de funcionar. A primeira imagem aparece muito borrada. É preciso regular o foco, girando-o com dois dedos. É o que faz María Teresa, até que se vê. Se vê uma planície achatada, com homenzinhos pequenos, pequenas pinceladas. Esses homens, os canhões, os fuzis, a proteção dos toldos, o brilho das fogueiras: tudo adquire o aspecto de miniaturas. Nessa outra se aprecia melhor: todo o céu, o muito céu. Assim o espaço se amplia. Visão do alto, o panorama. O ponteiro destaca o verde intenso da vegetação, o peso do arvoredo e o corte no espaço do curso d'água. Os homens são vermelhos e não têm rosto. Vivem no traço: existe a distância, mas também existe o cuidado de cada detalhe minúsculo. María Teresa vai passando, com a consciência manual do mecanismo, uma imagem atrás da outra. O ponteiro se move: a perfeita combinação do preciso e do difuso. E agora, a guerra. A guerra, Curupaití. O olhar do alto, o panorama, a ação, Cándido López desconhece o cinema, porque ainda não existe, mas de certo modo já o concebe. Uma mancha: a fumaça dos canhoneios, fundida no branco, se mistura em seus contornos com as nuvens do céu azul. Na visão da batalha, López se faz perito na arte da simultaneidade. Assim é uma batalha: é o conjunto, as tropas como um todo, a luta de todos ao mesmo tempo, tal como pode vê-las um general, ou um estrategista, ou um artista, ou Deus; mas também, ao mesmo tempo, é a luta de cada um, é cada um tratando de salvar a pele, este trespassa, este é trespassado, este dispara, este cai, este se agacha, este escapa, este agoniza, este outro morreu, este outro também, este outro também. Todos lutam e cada um luta, e Cándido López pinta todos e pinta cada um. O ponteiro se detém e repica no mesmo lugar.

— Olhem aqui, não se distraiam. Olhem aqui.

O que se vê: se vê um homem caído. Caído mas não morto, apenas ferido, no meio das turbulências do combate de Curupaití. Está ferido, vê-se o sangue: os vermelhos de Cándido López. Este foi acertado, feriram-no, não vai morrer mas está ferido. Ferido numa parte do corpo que não compromete a vida, mas cuja falta se nota. A mão é que foi ferida. Vê-se esse detalhe no quadro de Curupaití. Entende-se o que acontece: Cándido López pintou a si mesmo. Minúsculo, quase perdido, mas se retratou. Talvez o mais discreto, o mais oculto dos retratos possíveis; mas está ali. A guerra inteira e, num lugar da guerra, ele próprio. Ele próprio com seu ferimento.

Marré levanta a mão, pede a palavra. A professora Perotti concede-a.

— O que gosto nesse pintor é que ele esteve na guerra, mas pinta como se não tivesse estado.

María Teresa fica um pouco perplexa, ou talvez apenas surpresa com a intervenção de Marré. Não pelo que disse, não avalia isso, mas pelo simples fato de tomar a palavra e falar. Era tão contínuo e firme o uso da palavra da professora Perotti, que não lhe ocorreu que alguém pudesse se intercalar nesse discurso e intervir. Marré o fez. A professora Perotti escuta com gestos de aprovação e anota algo na casa correspondente do seu livreto de qualificações. Depois comenta o que foi dito com argumentos que María Teresa não acompanha totalmente. Não é que não preste atenção no desenrolar da aula, embora não seja aluna da turma, e sim sua inspetora, a responsável por passar os slides e cuidar da correção dos comportamentos. De resto, o tema lhe interessa e lhe agrada a voz da professora Perotti. Claro que às vezes também se distrai, se perde com os pensamentos bem longe do que está sendo explicado, de uma forma que ela pode se permitir porque não é aluna da turma, e sim a inspetora. Por momentos começa a ter consciência, e consciência em demasia, de um dado que seus olhos não lhe oferecem mas sua compreensão sim, o de que Baragli está sentado no banco atrás dela. Não tem por que pensar que ele possa não estar olhando para a frente: a tela, a projeção, a pintura de Cándido López. Não tem por que pensar que ele possa estar olhando para ela, o cabelo ou os ombros, ela que está tão perto. Mas pensa, e com esse pensamento se desconcerta. Tem a sensação de estar ficando, não à mercê de Baragli, o que seria impensável, mas sim à mercê do seu olhar. Talvez ele esteja pondo, com aparente distração, a mão no tampo da carteira. A madeira das carteiras é estriada e num canto do tampo há um buraco do tempo em que os alunos do colégio usavam tinteiros. Talvez Baragli esteja pondo a mão ali, com dissimulado descuido, e brinca de deslizá-la para bem junto dela. Sente sua nuca se endurecer pela eventualidade de um contato, que ao mesmo tempo não espera e sabe impossível.

Cándido López pintou também seu auto-retrato. Não o auto-retrato distante e cifrado do quadro de Curupaití, mas um auto-retrato convencional e evidente: seu rosto em primeiro plano. É uma imagem meio estranha, uma figuração um tanto esquisita de si mesmo. Parece haver susto nessa cara reticente. O cabelo chama a atenção, porque adere à cabeça de maneira singular, como se estivesse penteado com brilhantina no estilo, ainda futuro, de alguns homens do tango. Mas a atitude de López revela inquietação, medo na boca e medo nos olhos, como poderia ter uma pessoa que fosse surpreendida por uma foto, e não um homem que posa para ser pintado.

— É que López não posa para ser pintado, porque está pintando a si mesmo. López está se vendo refletido num espelho. O rosto exprime a impressão que se ver lhe causa.

A campainha soa longamente e a aula de arte termina. A professora Perotti guarda suas coisas na pasta. María Teresa extrai o carrossel do aparelho de projeção a fim de tirar, um a um, os slides que acabam de ser vistos e, depois, colocá-los, também um a um, na caixa de papelão que os conserva. Enquanto isso, os alunos deixam suas carteiras e vão saindo para o intervalo. Baragli também o faz e, ao fazê-lo, passa bem perto de onde está María Teresa. Ela está sentada manipulando slides, e ele passa pela estreiteza do corredor que se forma entre as carteiras. A beirada do seu casaco azul roça a mão dela. Esse roçar detém seus dedos, como se os houvessem chamado de repente pelo nome. María Teresa se força a retomar o trabalho. Mas não pode evitar, enquanto Baragli passa, de prestar atenção no aroma que ele exala nessa passagem. De certo modo, espera confirmar o sabido cheiro de tabaco negro, o da sua recordação, o do seu pai depois do jantar nas noites da infância. Mas encontra algo diferente, que a surpreende sem frustrá-la: Baragli recende fortemente a água-de-colônia masculina. Não parece um excesso de vaidade perfumar-se para vir ao colégio, mas ela não esperava isso, ou não esperava isso de Baragli.

Esse cheiro a impregna e fica nela. Mais tarde consegue recuperá-lo, poder-se-ia dizer que voluntariamente, e não fica muito claro se só se lembra dele ou se ainda está sentindo vestígios dele em seu nariz. Antes de terminar o dia (o dia de trabalho, o dia no colégio), o senhor Biasutto vem ter com ela para confirmar que vão se encontrar segunda-feira. Convém decidir-se por um bar discreto, onde seja improvável que algum aluno do colégio por acaso os veja. Os alunos são propensos às fabulações e logo inventam coisas. Combinam se encontrar segunda às sete da noite num bar com pouca iluminação localizado na esquina da Balcarce com a Moreno, bem fora do circuito costumeiro dos alunos do colégio.

María Teresa está contente quando sai à rua. Já começa o mês de junho e faz frio, e este ano é mais frio que os outros. Está contente apesar disso e apesar de que, ao sair do colégio, já é noite, e de que não foi um bom dia no que se refere às suas explorações no banheiro masculino. Está contente, simplesmente. Não vai direto para casa, como costuma fazer. Antes tem de passar por uma farmácia para comprar para a mãe uma nova caixa de antidepressivo. Restam-lhe poucos comprimidos na última caixa e ela lhe pediu esse favor. Leva uma receita que um primo consegue em troca de outros favores no hospital em que trabalha. Leva também a caderneta que dá quinze por cento de desconto no preço e na qual se vê sua mãe numa foto de vinte anos atrás, com o aspecto que tinha quando María Teresa nasceu.

Na esquina da Alsina com a Defensa há uma farmácia de que María Teresa gosta em especial, porque conserva em suas vitrines, em seus letreiros, no balcão e até nos frascos alinhados nas prateleiras o aspecto antigo das velhas boticas de Buenos Aires. Gosta da abundância de vidros e do requinte dos frisos sóbrios. Vai comprar o remédio para a mãe, porém mal entra se dá conta de algo que nunca havia notado antes: que essa farmácia, como tantas outras que há na cidade, tem um setor dedicado à perfumaria. Aproxima-se com timidez para dar uma olhada nessa parte da loja. Vê as fileiras de desodorantes, os potes de creme para os cuidados com a pele, vê os esmaltes de unha e as pilhas instáveis de sabonetes. Nada disso chama demasiadamente a sua atenção. Detém-se, em compensação, diante da estante onde se reúnem as caixas e os frascos de colônias para homem. Há várias, mas ela não as conhece. Mente para uma funcionária com a história de um aniversário na família e pergunta se pode experimentar o aroma dos perfumes à venda.

— Cheirar, sim. Passar, não.

María Teresa escolhe em primeiro lugar uma caixa vermelha ornamentada com um veleiro azul: cheira e põe de volta. Depois cheira outra que se chama Crandall. Vem num frasco de pescoço alto e um pequeno e incomum letreiro pendurado na frente. Gosta, mas não é esse. O que experimenta depois se chama Ginell e traz em sua apresentação a imagem de dois cavalos de pólo. Também não é. Depois faz a tentativa com uma que é mais recente e que se chama Colbert. Vem numa caixa verde-escura, talvez seja verde-inglês, não tem certeza. Mal aproxima seu olfato reconhece que se trata da colônia que Baragli usava. Agora sabe que Baragli usa essa colônia, que tem uma caixa igual a essa no banheiro de casa. Decide levá-la e diz isso à funcionária, que havia permanecido, com certo ar de desconfiança, junto dela. Não sabe exatamente para que a compra e para quem a leva.

— É para presente?

— É.

Em sua casa não há homens. Seu pai se foi e seu irmão está no sul. A verdade é que María Teresa não está pensando neles: nem no irmão que manda postais nem no pai que nem postais manda. Não pensa neles, e já nem mesmo em Baragli; pensa, no máximo, embora pareça excessivo dizer que o pensa, no encanto desse cheiro, no cheiro da colônia Colbert, enquanto observa a funcionária manipular com dedos hábeis a caixa, o papel de presente e a fita adesiva, até compor um pacote perfeito e acrescentar em conclusão uma etiqueta prateada que diz "Felicidades".

Com a pressa, María Teresa quase se esquece de comprar o que veio comprar: o antidepressivo da mãe. Lembra-se a tempo porque, na hora de tirar a carteira para pagar a colônia, cai a caderneta da assistência social e a cara de outros tempos da sua mãe em branco e preto fica à vista no meio do balcão.

— Ah, já ia esquecendo.

Um instante mais tarde viaja sozinha no metrô, com uma sacolinha de náilon na mão. Dentro dela vão duas caixas: uma embrulhada, a outra não. A fragrância da colônia é tão forte que a sente inundar o interior da sacola, transbordando do frasco, da caixa, do embrulho. María Teresa espia a cada tanto para tranqüilizar-se, como se levasse ali dentro uma mascote (uma tartaruga, um hamster ou um gato recém-nascido) e tivesse de certificar-se periodicamente de que está bem e não se sufocou. Decide que ao chegar em casa, e antes mesmo de entregar à mãe a nova caixa de comprimidos para que a ponha na farmácia do banheiro, guardará o pacote com a colônia Colbert na gaveta da sua mesa-de-cabeceira.

Está à sua espera na mesa da sala de jantar um novo cartão-postal do irmão, enviado de Bahía Blanca. Diz somente: Francisco. A mãe, que ultimamente só chora de vez em quando, desta vez o leu e diz que não compreende por que o filho não escreveu nada mais que aquela coisa tão sucinta. María Teresa explica a ela com uma vaga consideração sobre a falta de tempo e o custo das palavras (a mãe sabe que se trata de um postal, e não de um telegrama, mas prescinde de replicar). A imagem impressa no papel não pertence, porém, a Bahía Blanca, como se a cidade carecesse de lugares interessantes que justificassem a impressão de postais alusivos. Ou talvez estes existam, mas Francisco desdenhou-os. O caso é que o cartão que enviou, apesar de tê-lo postado em Bahía Blanca, corresponde na verdade a um balneário próximo, chamado Monte Hermoso. O orgulho da gente do lugar é que se trata da única localidade da Argentina em que o sol tanto nasce como se põe no mar. O postal demonstra isso dividindo-se em duas metades: numa se lê a palavra "amanhecer", impressa sobre uma vista de areia deserta e mar, com o sol aparecendo no fundo; na outra se lê a palavra "entardecer", impressa sobre a vista de uma praia dourada onde duas mulheres, vestidas com roupas de banho notoriamente antigas, contemplam o pôr-do-sol com uma expressão sonhadora. Essas duas fotos, assim reunidas, embora remetam à trivialidade do verão e às férias, acabam lembrando, à mãe e à irmã, o que de qualquer modo já sabiam: que agora sim Francisco se encontra à beira-mar. Não tão longe, é verdade, e ainda dentro do território da província de Buenos Aires; mas já não mais no meio da planície, e sim na costa, mais ao sul e na costa, verdadeiramente na beira do Atlântico.

— Nós nunca fomos a Monte Hermoso. Seus primos às vezes iam, há anos.

— Os primos?

— É.

— E gostavam?

— Diziam que sim, mas se queixavam muito. Parece que o mar estava sempre cheio de águas-vivas, que queimavam.

Pouco depois a perspectiva se agrava. Pode ser que ainda chegue à casa um postal de Monte Hermoso, selado em Bahía Blanca. Mas será tão-só uma forma repetida do atraso. Com uma só ficha, que permite apenas uma rajada de palavras, ele liga e avisa que vão embarcá-lo num avião e levá-lo mais para o sul. Mais para o sul: para Comodoro Rivadavia. Não, não, não é mais província de Buenos Aires, é a província de Chubut. Sim, sim, Patagônia. Não, não, não em caminhões, num avião da Força Aérea chamado Hércules. Hércules, sim: Hércules. Não, não, não sabe nada. Ninguém sabe nada. Sim, sim, na beira do mar: bem em frente ao mar.

O quarteirão das luzes

María Teresa preenche formulários na sala dos inspetores e sente de repente vontade de ir ao banheiro. Já nem considera a possibilidade de fazer o que se esperaria: ir a um banheiro feminino reservado aos inspetores. Nem ao banheiro dos inspetores nem ao banheiro feminino: vai direto ao banheiro masculino dos alunos. Entra como sempre, sem ser vista nem fazer barulho e escolhe sem pensar muito o primeiro dos cubículos. Chega com vontade, de modo que trata sem demora de levantar a saia e tirar a calcinha. Acomoda-se à altura do sanitário para aliviar logo a bexiga, mas mesmo sentindo essa urgência precisa esperar e relaxar para que a urina comece a sair. Enquanto espera, enquanto relaxa, distingue o som da porta de vaivém e entende que um aluno está entrando no banheiro. Se contém e fica alerta, em automática expectativa, para não desmentir a solidão que esse aluno dá por certa enquanto se dirige ao mictório, abre a roupa e se prepara para urinar. Talvez ele também necessite da pausa de uma espécie de prelúdio, porque está claro que tudo está pronto para começar e no entanto não começa. Pode ser que o frio do banheiro o iniba, tanto quanto a ela. Nela, ademais, aumenta a singular sensação de estar de saia e nada embaixo. É um ar tão frio o do banheiro que quase parece com o do pátio. É preciso esperar que o corpo exposto se acostume, porque é difícil fazer se as partes se contraem. Por fim o aluno consegue, quem sabe apertando um pouco a coisa de fora, até lhe proporcionar algum calor. Ela nota na mesma hora quando começa a urinar, sabedora do som que essa saída produz aqui no banheiro do colégio. Mas em vez de se anular, como sempre faz, sentinela tão gozosa quanto discreta, em presença de um aluno que urina, põe-se desta vez, de certo modo para sua surpresa, a urinar também. Faz sem barulho, para não ser percebida, mas sabe que corre um risco e o assume. Segue um impulso, vale dizer, um desejo repentino, um desejo do puro instante, mas também lhe parece, mal o consuma, que esse desejo vinha germinando nela desde havia alguns dias. Urina ao mesmo tempo que o aluno urina: perto dele, junto com ele. Não da mesma forma que ele, claro, porque ele é um rapaz; não da mesma forma que ele mas em seu mesmo lugar e, melhor ainda, ao mesmo tempo. É leve o que os separa: um tabique que em parte os cinde mas em parte os torna duplamente simultâneos. Os dois sons se fundem (por isso ela não é notada), assim como se fundem as respectivas ações.

Se se pusesse a pensar nisso tudo, coisa que de todo modo nunca faz, María Teresa poderia admitir no máximo uma forma difusa e lábil de satisfação pessoal, atribuída sem dúvida às audácias que ela se permite no cumprimento do dever. Nem sempre se foge dos deveres por causa da indolência moral, às vezes se foge por causa de covardias. E ela está mostrando, ao contrário, um grande atrevimento nesse jogo de espionagem com que sua tarefa de zeladora a fez deparar. Ela sonha com o momento em que o senhor Biasutto a felicite por permitir a drástica sanção dos alunos que fumam escondido no colégio. Como os outros espiões, os dos filmes, teve de incursionar num território impróprio, e isso é sempre arriscado. As autoridades vão elogiá-la por sua temeridade, enquanto definem a quantidade de admoestações que correspondem à gravidade da incorreção que os alunos cometeram.

Agora o aluno acaba de urinar, e María Teresa acaba com ele. Nem ela mesma sabe se foi uma nova coincidência, como se de uma coincidência inicial tivesse necessariamente de derivar outra, ou se ela de alguma maneira se forçou a concluir a tempo para que a gozosa paridade não cessasse. Com uma vontade forte é possível dominar tudo, inclusive, ou principalmente, as coisas que o corpo requer, e até interrompê-las caso necessário. María Teresa termina ou se interrompe, a diferença não importa, e pára de urinar no cubículo bem quando o aluno pára de urinar no mictório. Agora, ele está seguramente tocando sua coisa, num jogo insondável de gotejo e conclusão. Uma mulher, como todos sabem, se limpa com outra profundidade. Uma mulher precisa de papel e precisa se enxugar. Ela faz isso, agora mesmo, aproximando com a mão cega uma dobra de papel rosado e absorvente. Encosta-o sem chegar a esfregar, se bem que esfregue um pouco também. Lá fora, logo ali, o aluno sacode, o aluno se olha e se vê, e ela encosta a mão um pouco mais que o necessário; ela se esfrega, a título de enxugar, um pouco mais que o necessário. Volta-lhe a comichão, a comichão que toma como indício de que está com vontade de urinar. Poderia se perguntar por que motivo essa comichão a invade agora, se mal passou um segundo que terminou de fazer, e surpreende-se. Mas dá por certo que a vontade volta por ter cortado sua micção antes da hora.

O aluno é meticuloso e lava as mãos com sabão antes de sair. Cantarola uma canção enquanto põe as duas mãos debaixo d'água, que sai fria, ou enquanto as esfrega com certo vigor contra a esfera alongada do sabão. Cantarola, murmura uma melodia, não canta em voz alta; não consegue distinguir a letra que ele canta, e a melodia, embora lhe pareça conhecida, María Teresa não consegue precisar num nome de canção. Mesmo assim, e apesar de tudo, a voz do aluno soa bem clara, não é clara em sua pronúncia nem é clara em sua musicalidade, mas é clara em sua existência, o que significa que a inspetora está em condições de reconhecê-la e, ao reconhecê-la, de identificá-la; ou, melhor dizendo, de identificar o aluno que é dono dessa voz. Parece-lhe tão familiar que pode ter certeza de que se trata de um aluno da oitava 10. Pensa, recorda, se esforça para associar. Há dois garotos que têm a voz parecida: Babenco e Valenzuela. Evoca-os no momento de responderem presente quando ela faz a chamada. Assim retém essas vozes e verifica que sim, que é uma dessas vozes a que acaba de soar aqui no banheiro, que é Babenco ou é Valenzuela quem acaba de passar pelo banheiro, quem urinou perto dela enquanto ela também urinava.

Pouco depois está sentada na sala, cumprindo sua função de inspetora (mas não: se engana, se trai; também no banheiro, também no cubículo ela está cumprindo sua função de inspetora). Terminou o primeiro intervalo e a oitava 10 vai ter uma aula de castelhano. Os alunos já formaram, já tomaram distância, já entraram nas salas, já sentaram. Agora têm de esperar, em perfeito silêncio, claro, a chegada do respectivo professor. Os professores demoram uns quatro ou cinco minutos para terminar o café dos intervalos, sair do salão acarpetado que possuem no térreo, subir as escadas, percorrer o claustro, chegar até a porta das salas. Durante esse lapso, os inspetores permanecem à frente das turmas e cuidam zelosamente da disciplina dos alunos. María Teresa assiste agora em silêncio dócil a turma 10 com um olhar atento e geral. Mas em algum momento esse seu olhar, o olhar habitual de uma inspetora que vigia, não deixa de ser atento, mas deixa de ser geral. Dirige-se em especial para Valenzuela, dirige-se em especial para Babenco. O percurso tipo radar se torna mais lento ao passar por essas caras, demora-se nelas mais do que o devido. Babenco e Valenzuela: um dos dois, ela não sabe qual, cantou no banheiro masculino faz pouco. Têm a voz parecida, voz grossa mas infantil, é tão fácil distingui-las das vozes dos outros meninos quanto é fácil confundi-las entre si. Um dos dois pediu licença à professora Pesotto, que deu física para a oitava 10 durante as primeiras horas, e foi ao banheiro urinar. É estranho o que acontece agora com María Teresa. Boa parte do que viveu naqueles momentos no banheiro masculino teve uma condição: o aluno ignorava que, a tão pouca distância, sua inspetora, isto é, ela, urinava junto com ele. Não obstante, agora, já na sala de aula, velando pela boa conduta dos alunos da turma à espera da chegada do professor Ilundain, ela procura esses olhares, o olhar de Babenco, o olhar de Valenzuela, como se eles não pudessem deixar de saber o que acaba de acontecer, como se alguma coisa, uma intuição ou um instinto, devesse lhes revelar o que ocorreu no banheiro, e bastasse o encontro fortuito dos olhares para restabelecer a cumplicidade e habilitar o reconhecimento. De certo modo, María Teresa não concebe que tenham podido estar juntos, ela e Babenco, ou ela e Valenzuela, que ela se enxugou sem se ver enquanto eles, um deles, Babenco ou Valenzuela, não sabe qual, sacudia sua coisa vendo, e que agora essa prodigiosa proximidade do mais íntimo não perdure como vestígio nos olhares, ou não provoque uma centelha de instantâneo entendimento ao se cruzarem esses olhares. Deveria haver pelo menos uma reminiscência, certo eco do vivido, e ela gostaria de despertá-los com a decisão do olhar que tem quem sabe. Mas nos olhos de Babenco encontra uma errância que é própria do leso (Babenco é mau aluno, vai mal em todas as matérias) e nos de Valenzuela encontra a ausência que é própria dos distraídos (Valenzuela é bom em xadrez: se adestra na arte de prestar atenção numa só coisa e desligar-se por completo de todas as demais).

María Teresa não se resigna: crava o olhar neles como se para lhes arrancar uma verdade que imagina lhe escamoteiam. É como se encarasse um processo de hipnose, mas feito ao revés: um em que o estalar dos dedos servisse para entrar em transe e um forte olhar constante fosse o meio de provocar o despertar. No despertar afloraria a consciência, apesar de tudo abafada, denunciada e ao mesmo tempo mantida em segredo, do que aconteceu entre os dois no banheiro masculino do colégio. Não lhe ocorre especular que a falta de resposta daqueles olhos tão fugidios poderia ser justamente o sinal de que Babenco ou Valenzuela, quem tiver sido, não está alheio ao que aconteceu, que o sabe de certo modo, porque o corpo registra coisas por si só e depois, por meios imprecisos, consegue revelá-lo. Não lhe ocorre, ou prefere raciocinar assim; o que quer conseguir é o cruzamento dos olhares, o seu e o de Babenco, ou o seu e o de Valenzuela, e que nesse cruzamento relampeie alguma espécie de subentendido embriagante.

Não consegue, e a tentativa termina com a chegada do professor Ilundain.

— De pé, senhores.

A norma inalterável, de que os alunos do colégio devem receber os professores de pé, é cumprida mais uma vez. Não sentarão enquanto o professor Ilundain não os cumprimentar e os autorizar a fazê-lo. María Teresa deixa o livro-texto aberto em cima da mesa. Pede licença para sair da sala e desce do estrado com passos curtos e ligeiros. Fecha a porta da sala ao sair. Pára mal sai, encosta-se numa parede. Olha para a luz do ar sem lado de fora que paira sempre nas galerias do colégio. Sente-se um pouco enjoada. Certo tremor inquieta suas mãos e suas costas ficaram úmidas com um vislumbre de transpiração. Não é que sinta calor, veste apenas uma blusa com babados e, por cima, um colete com botões grandes que sua mãe tricotou para ela há anos, e nada disso bastaria para fazê-la sufocar. Passa Marcelo, o inspetor da oitava 8, que sai da sala com a chegada da professora de latim.

— Tudo bem?

— Sim, tudo bem.

Naquela mesma tarde, ou naquela mesma noite, vai ter o encontro com o senhor Biasutto. O bar onde combinaram fica suficientemente distante do colégio para atender à precaução do chefe de inspetores de não serem vistos pelos alunos à saída das aulas, mas não tão distante para que eles próprios saíssem da esfera do trabalho. Poderia se tratar, sem que seja preciso dizê-lo, de uma simples extensão das conversas costumeiras na sala dos inspetores ou nas galerias durante os intervalos. Não seria o mesmo, por exemplo, se encontrar num sábado à tarde ou marcar um jantar.

O senhor Biasutto chega um pouco depois de María Teresa, mas não muito atrasado. Um assunto de último instante o reteve no colégio. Nada grave, apenas um detalhe de organização que precisava acertar com o senhor Prefeito. O senhor Biasutto chega ao bar relaxado e sorridente, e María Teresa nota que, quando sorri plenamente, o bigode se estica tanto que até poderia deixar de ser visto.

— Sugeri aqui por discrição, entende? Os alunos estão em plena idade das fantasias, não há que alimentar essas inclinações.

O garçom se aproxima da mesa. María Teresa pede um café com leite, com mais leite do que café, e o senhor Biasutto uma dose de Old Smuggler sem gelo. Senta-se inclinado para a frente, apoiando ambos os cotovelos na mesa. Sorri. María Teresa não havia podido apreciá-lo antes com tanto detalhe. Usa brilhantina no cabelo negro e a pele do rosto é desigual. O colarinho da camisa é engomado e o nó da gravata é maior que o normal. Quase nunca pisca, seus olhos são como buracos. Os dentes ficam ocultos detrás dos gestos compactos.

— Fale-me da senhorita, María Teresa.

— De mim?

— Da senhorita, claro.

María Teresa enrubesce. Diz que não sabe o que falar.

— Fale-me da senhorita, da sua vida. Com quem vive?

María Teresa diz entre dúvidas que vive com a mãe num pequeno apartamento em Palermo. Com a mãe e o irmão, mas seu irmão por ora não está porque foi convocado. Quando era criança, morava mais longe, em Villa del Parque.

O senhor Biasutto deixa em cima da mesa um maço dourado de cigarros de tabaco negro.

— E seu pai?

— Meu pai?

— Sim, seu pai.

María Teresa engole em seco.

— Meu pai morreu.

— Ah, meu Deus! Lamento muito.

— Morreu faz tempo.

— Lamento muito.

Para mudar de assunto e não parecer insossa, María Teresa conta que pensa continuar seus estudos, mas por enquanto não se decidiu por nenhuma carreira e não está muito segura sobre qual poderia escolher.

— Há profissões tão lindas para uma mulher exercer.

O senhor Biasutto acende um cigarro com um isqueiro prateado que em seguida guarda num bolso do paletó. Solta a fumaça pelo nariz, nublando o bigode, franzindo a vista. Sorri ao fazê-lo.

— Herdei da minha mãe uma boa mão para o tricô. Este casaquinho que estou usando foi ela mesma que fez.

O senhor Biasutto ergue uma só sobrancelha: a direita.

— É uma peça muito bonita. E fica linda na senhorita.

María Teresa torna a enrubescer, a ponto de precisar enfiar a cara no peito.

— Senhor Biasutto!

O senhor Biasutto avança a mão sobre a mesa, mas no caminho perde o rumo e a abandona, inerme, entre a pilha de guardanapos e o cinzeiro com seu cigarro apoiado numa ponta.

— María Teresa, por favor, não me chame assim! Senhor Biasutto, foi assim que disse? Não estamos no horário de trabalho. Aqui me chamo Carlos.

— Carlos: que belo nome.

O garçom vem trazendo os dois pedidos: o café com leite para María Teresa, o uísque sem gelo para o senhor Biasutto. María Teresa rasga os saquinhos de açúcar para derramar seu conteúdo na xícara. O som se parece com o da areia caindo na ampulheta, mas aqui se apaga mal toca a palidez do líquido.

— Põe dois?

— De açúcar?

— É, de açúcar.

— Ponho dois.

— Tem razão, não é? De amargo, basta a vida.

O senhor Biasutto sorri e María Teresa também porque de imediato ele esclarece que estava fazendo apenas uma piadinha. Sua filosofia da vida, específica, não é nem um pouco pessimista. Faz-se um silêncio que os dois ocupam com um intercâmbio de novos sorrisos. Mas esses sorrisos duram menos que o silêncio, e María Teresa decide comentar que ela também se considera uma pessoa de temperamento alegre. Faz-se um novo silêncio, o senhor Biasutto fuma e María Teresa mexe o açúcar na sua xícara de café com leite.

— Tem uns envelopinhos de açúcar que trazem frases, frases profundas. Coleciono esses envelopes.

O senhor Biasutto, que tinha se jogado para trás, torna a se inclinar sobre a mesa e apóia o queixo nas mãos cruzadas.

— A senhorita gosta das frases profundas?

María Teresa faz que sim.

— Gosto, sim. São ensinamentos para a vida.

— É verdade. Para mim há frases que me deixam pensativo. É tão complexo o ser humano. O que acontece é que tenho péssima memória, leio frases que acredito vão ficar gravadas para sempre na minha memória, depois quando quero dizê-las não me lembro direito.

— Eu também sou fraca de memória, por isso tenho um caderninho, que chamo de caderninho de coisas sábias, e, quando encontro uma frase profunda, vou e anoto nele.

— Que lindo o que me conta, María Teresa.

María Teresa sente outra vez seu rosto ficar quente. Mas desta vez não se mortifica. Talvez sua timidez agrade ao senhor Biasutto.

— Lembra de alguma?

— De alguma o quê?

— De alguma dessas frases que a senhorita anota em seu caderninho de coisas sábias.

— Tenho de puxar pela memória.

— E estamos com pressa?

O senhor Biasutto sorri e permanece sorrindo, como que esperando que tirem uma foto. María Teresa enquanto isso pensa.

— Ah, já sei. Me lembrei de uma.

— Então diga.

— É assim: "Se você chora porque o sol se foi, as lágrimas não a deixarão ver o brilho das estrelas".

— Que bonita frase!

— É muito sábia, não é?

— Sim. E muito profunda.

— Eu a digo muitas vezes para minha mãe, quando noto que está triste.

— Sua mãe é triste?

— Anda preocupada com que meu irmão esteja bem.

— Isso é lógico, não? É lógico. Mas as coisas vão correr bem. É preciso ter fé.

— Sim.

O senhor Biasutto pega seu copo sem deixar de olhar para María Teresa. Tem pêlos que lhe saem de uma sobrancelha e avançam para a outra, quase até juntá-las. Ela, por sua vez, quando se inclina para tomar um longo gole do seu café com leite, aproveita para esconder os olhos e tentar não ficar tão nervosa.

— E que outros projetos tem para a sua vida?

María Teresa tinha se distraído e a pergunta do senhor Biasutto a pega de surpresa.

— Como?

— Perguntava, só por curiosidade, que outros projetos a senhorita tem para a sua vida.

María Teresa pisca os olhos e permanece muda. O senhor Biasutto aproveita essa perturbação e avança uma mão, a mão em que sobressai o grande anel com as iniciais CB, até deixá-la apoiada no porta-guardanapos da mesa.

— Quero dizer o seguinte, María Teresa: uma moça tão bonita como a senhorita.

A cara de María Teresa se acende num instante, sem gradações, como se acendem as coisas elétricas. Está muito quente e deve estar muito vermelha.

— Não diga isso, senhor Biasutto.

— Digo, sim, María Teresa, claro que digo. Uma moça tão bonita, tão educada, tão sensível como a senhorita. Não pensa em se casar, por acaso?

Se pudesse tapar o rosto com as duas mãos e responder sem ser vista, como acontece na confissão, María Teresa tapava.

— Por ora, não. Mais tarde.

O senhor Biasutto bate os dedos, dedos curtos e grossos, na pilha de guardanapos.

— Imagino, claro. A senhorita é uma moça muito jovem. Mas terá talvez um candidato?

María Teresa nega com um gesto, já que não com palavras, porque engole em seco e tem dificuldade para falar. Balança a cabeça e, ao mesmo tempo, abaixa-a. E, apesar de não olhar, sabe muito bem que o senhor Biasutto sorri de novo. Vê que sua mão se retira e se afasta, em direção ao cigarro que não parou de fumegar. Ergue-o para levá-lo à boca áspera. Um pouco de cinza se desprende do cigarro: uma cinza porosa e murcha. Cai em parte em cima da mesa e em parte em cima da roupa do senhor Biasutto.

María Teresa termina seu café com leite e observa a borra que fica no fundo da xícara.

Lá fora a rua se acalma.

Sétima hora

Não: prefere não pedir outro café com leite. Não que tema a insônia, de que em todo caso já padece, mas a acidez estomacal que o excesso de café poderia lhe ocasionar. O senhor Biasutto, porém, pede outro uísque, sempre sem gelo. Insiste em que María Teresa peça alguma coisa: que não o deixe bebendo sozinho. Ela então toma consciência de quão seca ficou sua boca, vê que está pastosa e tem sede. Um refrigerante, talvez? Pede uma Tab. Enquanto o garçom cuida de tirar as coisas e trazer o novo pedido, eles quase não se falam. O garçom, apesar de discreto, é uma espécie de intruso cuja partida é preciso esperar. Quando se vai, deixando na mesa uma garrafa de refrigerante e o novo copo de uísque, é María Teresa, e não o senhor Biasutto, que toma a palavra.

— Deve ser muito difícil seu trabalho no colégio, não?

O senhor Biasutto se surpreende e não responde.

— Ser chefe de inspetores, quero dizer. Quanta responsabilidade! Deve ser difícil, não?

O senhor Biasutto aperta as costas contra a cadeira, como se alguém fosse passar por trás e ele tivesse de impedir.

— É um trabalho de muita responsabilidade.

— Sou nova no colégio, mas me dou conta.

— A senhorita é muito eficiente e presta muita atenção.

— Desde que ano o senhor trabalha no colégio?

— Entrei para o colégio em 75.

— Em 75? Faz sete anos!

— Sim.

— E quando se tornou chefe de inspetores?

— Quanta pergunta, María Teresa. Parece uma jornalista. Ou uma detetive?

— É que fico curiosa.

— Entrei diretamente como chefe de inspetores.

Só então María Teresa se dá conta de que o senhor Biasutto sentiu-se um pouco incomodado. Repreende-se por tê-lo aborrecido e não ter percebido a tempo. Fica em silêncio, arrependida. O senhor Biasutto também não diz nada. Pela rua passa um coletivo: vêem-no passar com o interesse com que se vê um filme no cinema, tratando de não perder um detalhe. É um da linha 29, e seus letreiros indicam que vai de La Boca a Olivos. María Teresa enche o copo de refrigerante e o líquido negro chia. Se o uísque do senhor Biasutto tivesse gelo, ele se poria a mexê-lo com um dedo, e assim manteria as mãos ocupadas. Mas, como não tem, tira outro cigarro e acende. O outro, já acabado, ficou retorcido no cinzeiro na forma final de uma guimba imprestável. Quando exala a primeira tragada de fumaça lisa, o senhor Biasutto sente que se alivia da irritação: causa-lhe o efeito próprio dos longos suspiros. Já María Teresa continua contrariada. Um envelopinho de açúcar vazio ficou em cima da mesa e ela trata agora, com precisão maníaca, de cortá-lo em pedacinhos, como se fosse uma carta secreta que, uma vez lida, tivesse de ser apagada para sempre da face da Terra.

O senhor Biasutto, que se sente outra vez disposto a sorrir

como antes, decide-se a resgatar María Teresa do desânimo em que caiu.

— Gosto das suas perguntas, não ache que não.

María Teresa fita-o e ele sorri.

— Gosto que a senhorita as faça.

María Teresa também sorri, embora entre rubores. O senhor Biasutto se explica.

— O que acontece é que essa época foi realmente complicada no país. A integridade da nossa sociedade estava ameaçada, sabe?, e foi preciso atuar com absoluta energia.

Agora é María Teresa que, talvez por descuido, deixa suas mãos se esparramarem sobre a mesa.

— Dizem no colégio que o senhor se destacou muito.

O senhor Biasutto sorri, insinuando expressões de modéstia.

— Fiz o que qualquer um teria feito no meu lugar.

María Teresa insiste.

— Mas o senhor fez. Os outros talvez tivessem feito, mas o senhor fez de verdade.

O senhor Biasutto mexe as mãos como para dispersar a fumaça que seu cigarro solta ou as palavras que María Teresa diz. Quer evitar a adulação pressentida ou, em todo caso, voltar ao tema precedente. Quando abaixa as mãos, depois de fazê-las ondular, coloca-as em cima da mesa, necessariamente perto das mãos de María Teresa, que, paralisada ao perceber isso, não consegue afastá-las. Sabe que estão falando das listas, ela e o senhor Biasutto, e sem se deixar afetar pela evidente avareza do que ele lhe disse, sente-se depositária de uma confidência excepcional.

Talvez por isso permite que o senhor Biasutto faça o que faz: toque seus dedos com uma mão lenta.

— Não vejo anel de noivado.

Diz isso e sorri.

— Não. Não estou noiva.

O senhor Biasutto inclina a cabeça. Algumas tiras de cabelo fixado com brilhantina resistem a acompanhar o resto e permanecem em seu lugar.

— Uma moça tão bonita como a senhorita.

María Teresa retira a mão, mas sem precipitação.

— Virá em seu devido tempo.

Ele concorda, pensativo.

— Cada coisa em seu devido tempo, não é?

— Era o que meu pai sempre dizia: que não devíamos queimar etapas na vida.

Faz-se um silêncio entre os dois, e há silêncio também na rua.

— Lamento muito por seu pai.

— Obrigada.

Nos bares do centro, as horas do entardecer repartem fregueses cortados uniformemente como num mesmo molde: empregados de escritório cansados do longo dia de trabalho, que não sentem, apesar do cansaço, nenhuma pressa em voltar para casa, e pares de conversadores que vêm se dizer depois do horário de trabalho o que não puderam se dizer ao longo do dia. Mas, à medida que a noite avança, a paisagem muda. Não se deve esquecer que nessa zona da cidade muita gente vem trabalhar, mas quase ninguém mora. De rincões imperceptíveis, enquanto há luz no céu surgem tipos deslocados e de aparência sombria, que vêm se instalar com ar ausente em frente a um copo à espera de um jantar que provavelmente não ocorrerá.

Como a conversa os mantém voltados para si mesmos, María Teresa e o senhor Biasutto a princípio não vêem a mudança. Falam sobre as diversas épocas da vida do país: dos bons tempos, quando existia o respeito e a palavra dada tinha valor, da época hippie, quando a sordidez e a promiscuidade quiseram tomar conta do mundo, dos anos do terrorismo e das bombas postas nos jardins-de-infância. O senhor Biasutto tem mais anos vividos do que María Teresa e, portanto, também outra sabedoria. Os garotos de hoje são melhores e mais dóceis, mas nem por isso deixam de estar à mercê do mal das idéias exóticas ou do mal produzido pela ebulição hormonal. Aqueles perigos, sendo maiores, eram mais evidentes. Estes últimos progridem sob a forma do trabalho de formiguinha e requerem uma vigilância ainda mais minuciosa e contínua.

— Leia a história, María Teresa: é muito edificante. Cada vez que se ganha uma guerra, o que sucede é a perseguição dos últimos focos de resistência de quem perdeu. Franco-atiradores, comandos perdidos, os desesperados. Parece mais uma limpeza do que uma batalha. Mas, atenção, ainda faz parte da guerra.

María Teresa ouve com fervor discipular essas palavras, embora saiba que nem tudo o que o senhor Biasutto está dizendo ela compreende. Embora se veja submersa na explicação, nota de repente uma certa mutação no âmbito do café. Já é tarde e se dá conta, antes mesmo de consultar a hora no relógio feminino que não aperta seu pulso. Por ora, a esta altura, é a única mulher que se encontra no local. Estão ali o senhor Biasutto, que a acompanha, o responsável que conta moedas no caixa, os dois garçons já quase ociosos, um homem de idade que contempla o miolo comprimido que resgatou de um sanduíche que já não existe, um leitor de Alistair MacLean que não se importa com que seu café esteja esfriando, um tomador de chá com alto senso dos rituais da preparação, dois aficionados de grapa debruçados no balcão.

— Está um pouco tarde para mim, senhor Biasutto.

— É tarde para a senhorita, mas ainda me chama de senhor Biasutto.

— Carlos?

— Carlos.

— É um pouco tarde para mim, Carlos. E devo lhe confessar uma coisa.

— Confissões? Diga-me.

— Na minha família não me chamam de María Teresa.

— Ah, não?

— Não.

— E como chamam?

— Me chamam, me chamam. Me chamam de Marita.

— Marita?

— É.

— Mas é lindo!

— Acha?

— Claro que sim. Guarde seu porta-moedas, Marita, guarde-o já. Aceite ser minha convidada. E deixe-me acompanhá-la à sua casa.

Sabendo que ficou ruborizada, María Teresa faz-se forte em seu pudor.

— O convite eu agradeço. Mas deixemos o resto para outra vez.

— Em seu devido tempo, Marita?

María Teresa sorri.

— Em seu devido tempo.

Despedem-se na esquina. Talvez seja a intempérie o que abrevia a cerimônia final e a troca de cortesias. O senhor Biasutto parece estar procurando algo para dizer, mas não acha. Ficou inquieto, como se estivesse a ponto de perder um trem mas não se decidisse a correr pela estação, com medo de perder o trem e também a pose. Por fim se inclina para María Teresa, numa espécie de reverência. Toma a mão dela na sua, suspendendo-lhe os dedos com seus dedos. Beija-a justamente ali, e ela sente a espetada múltipla do bigode quase nos nós.

— Até amanhã, Marita.

María Teresa volta para casa com a mente confusa. Está entusiasmada, e sabe disso, por ter se atrevido a esse encontro com um homem como o senhor Biasutto. Um homem com todas as letras, que é como sua mãe o definiria. Um homem conhecedor, experiente, corajoso, cavalheiresco, educado. Ao mesmo tempo que se entusiasma, mortifica-se pensando que ele deve tê-la achado sem dúvida muito pouco interessante. Deveria ter lhe falado dos seus estudos de piano em criança, ou continuar com a conversa sobre as frases do seu caderninho de coisas sábias, que parece ter lhe agradado. E, sem dúvida nenhuma, não devia ter permitido que suas faces se avermelhassem com tanta freqüência, se bem que não há modo de controlar essa reação, e muito menos assediá-lo com perguntas sobre o seu trabalho, o que evidentemente o aborreceu. Sofre pensando que, passada essa primeira experiência, o senhor Biasutto não vai querer insistir no contato com ela. Um homem como ele, que prestou serviços vitais nos momentos mais difíceis da história do país, um homem de tantos pensamentos e tanta profundidade, só pode tê-la achado insossa. É a impressão que ela sempre dá, e esta vez não foi exceção. Um homem fora de série e uma pobre moça comum e banal.

Também é verdade que ele se ofereceu a acompanhá-la até em casa e que foi ela que não aceitou. Vai ver que disse aquilo só por cortesia, porque caíra a noite e ela é uma mulher. Ao mesmo tempo, ao se despedir beijou sua mão, como fazem os príncipes, e isso exprime um galanteio evidente. Encostou os lábios no dorso da sua mão, embora o que ela sentiu não tenha sido a boca mas o incômodo do bigode. Esse bigode lhe recorda um jogador de futebol, acredita que Ángel Labruna, ou talvez um cantor de tango, acredita que Goyeneche (homens que conheceu, quando pequena, pelos gostos do seu pai, que era torcedor do River Plate e fã da orquestra de Aníbal Troilo).

Haverá outra ocasião de conversar assim, a sós e sem pressa, com o senhor Biasutto? Gostaria de acreditar que sim. Hoje soube que ele se chama Carlos, Carlos como Gardel, um nome bem masculino. Em troca dessa confiança, ela lhe revelou seu segredo, que em sua casa a chamam de Marita. Tudo indica que esse comentário foi muito do gosto dele, tanto é que começou a chamá-la dessa maneira dali em diante (em troca, ela, nervosa ou apalermada, cometeu o erro de tornar a chamá-lo de senhor Biasutto, quando ele tinha lhe pedido que não o fizesse mais). Seria estranho ter chegado à confiança de chamá-la de Marita e ter lhe dado a confiança de chamá-lo Carlos, e nunca mais ter um encontro como o daquela tarde. Seria estranho, mas também possível, caso o senhor Biasutto tenha se aborrecido com ela, ou caso a tenha imaginado mais interessante do que finalmente mostrou ser.

Chega tarde em casa e calcula que terá de dar explicações à sua mãe. Vai dizer a verdade: que teve um encontro com um homem num café próximo do colégio. Mas acrescentará de imediato que classe de homem era: um homem excepcional. E além do mais seu chefe. Não falará das listas, que talvez sua mãe não dimensione, mas que no colégio é uma espécie de herói consagrado à modéstia (como José de San Martín). Prevê em detalhe o desenrolar da conversa que terá com a mãe. Imagina seu interesse e até sua aprovação, não isenta de conselhos e pedidos de cautela. Mas ao chegar em casa depara com uma situação bem diferente. Francisco acaba de telefonar de Comodoro Rivadavia. Como ela pôde demorar tanto, não estar lá quando ele ligou. A mãe falou. Está emocionada demais para poder lembrar, ou para poder reproduzir exatamente as coisas que falaram. Francisco explicou, quase como se pudesse lhe mostrar num mapa, em que lugar preciso se encontra agora. É bem no sul. Mais ao sul de Bahía Blanca, que é onde estava antes e ainda é parte da província de Buenos Aires; mais ao sul de Viedma, que é onde a província de Buenos Aires acaba. Mais ao sul inclusive de Trelew, um lugar de que ela se lembra porque faz anos um grupo de terroristas quis escapar mas depois foram quase todos pegos. No sul, bem no sul. E em frente ao mar. Bem na frente do mar. Que foi o que Francisco disse que fazia todo santo dia: olhar o mar, olhar o mar, olhar o mar, olhar o mar.

A mãe começou a explicar a ele a quantas andava o número de aviões, mas bem então, e sem nenhum sinal ou aviso prévio, caiu a linha. De repente apareceu um tom de ocupado no meio do que estavam falando. E não conseguiram se despedir. Eles dois, mãe e filho, não conseguiram se despedir. Ela ficou esperando um instante, ao lado do telefone, com a vista fixa na bandeirinha argentina gravada no meio do disco, pensando que Francisco ligaria de novo pelo menos para dar até logo. Mas não ligou mais. Já passou mais de uma hora e ele não ligou mais.

María Teresa faz a mãe entender que não deve ser tão fácil conseguir fichas telefônicas tão longe, que o tempo disponível para se comunicar com os familiares deve ser bastante limitado e que a fila de companheiros esperando para chegar ao telefone público deve ser enorme. Apesar de ver que a mãe em grande medida se acalma, que acompanha as notícias da televisão e não chora mais, fica com ela na cozinha e lhe dá uma mão para preparar o jantar.

Depois do jantar recusa o café e, apesar disso, um instante mais tarde, ao se deitar, não consegue conciliar o sono. Fica outra vez revirando entre os lençóis, com os olhos sempre bem abertos. Pensa. Gostaria de parar de pensar e, assim, poder por fim dormir, mas não dorme e pensa. Pensa no senhor Biasutto. Pensa no momento em que ele tocou seus dedos, pensa no beijo cortês que lhe deu de despedida. Torna a se perguntar se haverá alguma vez um segundo encontro entre eles. Sabe, porque qualquer um sabe, que no caso de haver caberá a ele tomar a iniciativa, porque ele é o homem e ela é a mulher. Mas nem por isso deixa de se indagar de que maneira ela poderia facilitar esse segundo encontro. Sem agir de forma indecorosa, com atitudes impróprias a uma moça de família, poderia estimular alguma espécie de conversa que de certo modo retomasse ou aludisse às conversas que tiveram; ou, ao voltar a se relacionarem conforme deve ser no colégio, dirigindo-se a ele como senhor Biasutto, deixar que em seus olhos assome um brilho que indique que em outra ocasião, em outro momento, não o chamou desse modo, mas de Carlos.

Não sabe se vai ser capaz de se comportar assim: acredita que não. Para outras moças deve ser mais simples, até perfeitamente natural, dosar insinuações e brilhos no olhar. Ela, porém, talvez não consiga nem passar pelo senhor Biasutto sem ficar ruborizada e fixar instantaneamente os olhos no chão. Nesse momento lhe parece evidente que ele com toda a certeza deve tê-la achado insossa. Sente que, na sala de jantar, a mãe apaga a tevê para ir dormir. É tarde. Ela não adormece. Pergunta-se se um homem que acha uma mulher insípida lhe daria por acaso o beijo de príncipe que ele lhe deu, na esquina do café, bem em frente da igreja, no momento de ir embora.

De repente, sem premeditar, como no achado de um sonho, María Teresa descobre o caminho. Assim o chama mentalmente: o caminho. O caminho que a levará a um segundo encontro com o senhor Biasutto. Se ela surpreender os alunos do colégio que se escondem no banheiro para fumar, haverá um motivo evidente para que os dois voltem a ter uma conversa especial. E é indubitável que essa conversa não será igual à que tiveram antes, faz uma semana ou dez dias, quando ele ainda nunca a tinha chamado de Marita, quando ela ainda nunca o tinha chamado de Carlos.

Redobrará seus esforços para descobri-los por fim. Com a analgesia desse pensamento, acaba dormindo. Mas na manhã seguinte, ao acordar, é a primeira idéia que lhe vem à cabeça: que tem de redobrar esforços para descobrir os alunos que fumam escondido no banheiro do colégio. Baragli ou os que forem, da turma a seu encargo ou de outra. Não importa. Importa descobri-los, importa denunciá-los, importa aplicar a sanção estrita que servirá de exemplo para todos os outros e, então, dispor-se a receber a segura felicitação do senhor Biasutto. Só que o senhor Biasutto, que a felicitará cerimoniosamente no âmbito do colégio, já beijou sua mão e a chamou de Marita, e ela, por sua vez, o deixou pousar ali seus lábios ou seus bigodes e o chamou de Carlos. De modo que nada será igual.

As primeiras duas horas de aula do dia são ocupadas por um concerto organizado pelas autoridades do colégio com o título, que também é um lema, de "Pela paz". É um concerto de órgão a cargo do maestro De Zorzi. O colégio ostenta, entre tantos outros, o orgulho de possuir o único órgão de tubos de toda a cidade de Buenos Aires que não pertence a uma igreja. Encontra-se na Sala Magna do colégio, um recinto de contido esplendor onde certa vez, só para dar um exemplo, Albert Einstein em pessoa pronunciou uma conferência sobre a teoria da relatividade. Na Sala Magna é mais exigente a vigilância da disciplina: o lugar é mais amplo, os alunos se alvoroçam, a regra de que nunca um menino sente ao lado de uma menina pode vir a não ser cumprida com absoluto rigor (é só ver, por exemplo, Baragli, que deu um jeito de ficar sentado bem ao lado de onde Dreiman sentou).

O maestro De Zorzi oferece um programa dedicado por completo à música barroca. Notoriamente, prevalece Bach, embora recheado com doses abundantes de Vivaldi. Os alunos parecem acompanhar o desenrolar da música com relativo interesse. Pelo menos não se distraem de maneira ostensiva, e ao longo do concerto quase não é preciso chamar-lhes a atenção (Babenco em certo momento senta virado, Servelli se mexe como se segurasse o riso, Daciuk brinca com as fitas da blusa: não muito mais que isso). Talvez a estrutura de fuga e perseguição que a música tende a adotar seja o que os mantém atentos. A cada momento de silêncio ficam a ponto de aplaudir, consultando previamente a reação do professor Roel, que os salvará do opróbrio de aplaudir na pausa entre um movimento e outro, acreditando se tratar do fim de uma obra. O concerto termina e os alunos voltam para a classe. A música não parece tê-los acalmado, como se diz que sucede com as feras, mas, pelo contrário, tudo indica que os excitou. Pode ser que se trate de um efeito da vitalidade barroca, pode ser que se trate do gosto que os alunos têm de ir à Sala Magna, que é o local dos grandes acontecimentos escolares (os corredores são acarpetados, as poltronas são de veludo, há balcões no alto, os tetos resplandecem).

Com a volta às salas se retoma o ritmo das aulas. Sem perder tempo, quando se libera da supervisão geral da oitava 10 porque a professora Urricarriet chegou, María Teresa se dirige em passos rápidos para o setor do banheiro masculino. Não descuida das precauções que precisa tomar para chegar até lá sem ser notada, mas se apressa a entrar assim que possível. Uma vez no banheiro, sente-se feliz. Escolhe um cubículo; não o primeiro, que está um pouco sujo, mas o segundo. Entra e passa o trinco na porta. Suspira com alívio. Não sente urgência de urinar: nem urgência nem vontade, tampouco vontade. No entanto tira a calcinha com pressa, revirando bastante sua saia de quadrados e losangos.

Põe-se a esperar, mas por um bom momento nenhum aluno vem ao banheiro. Depois do tempo dedicado ao concerto, os professores devem estar mais reticentes em dar permissões de saída. Mas a paciência é sem dúvida a melhor virtude de quem monta guarda, e isso vale tanto para a sentinela noturna quanto para o pescador do lago. María Teresa tem essa virtude em sumo grau. É paciente, sempre foi. Espera com total paciência enquanto ninguém vem e nada acontece.

Até que, num momento determinado, enquanto ela olha em absoluto silêncio para os rejuntes estreitos dos azulejos do banheiro, ouve-se o rangido indubitável da porta de vaivém.

Ciências morais

Entra um aluno, vem urinar: é o de sempre. Ela se prepara para fazer o que faz ultimamente. Já nua (nua debaixo da roupa), está pronta para urinar enquanto o aluno urina. Mas desta vez alguma coisa a detém. Num primeiro momento, ela mesma não sabe o que é. Tem de fazer uma pausa e concentrar-se no que acontece para poder compreender. Não é algo que ouça, não é algo que tenha sabor: é algo que tem cheiro. É algo que cheira no aluno que entrou. Antes não sentia mas agora sente, de modo que não há a menor dúvida de que foi o aluno que trouxe consigo esse cheiro. Cheiro de quê, nem precisa se perguntar: cheiro de colônia Colbert. Colônia Colbert para homens, a que vem num frasco de vidro dentro de um estojo verde. Ela sabe muito bem. E sabe muito bem como é esse cheiro; a essa altura seria capaz de reconhecê-lo entre dezenas de outros aromas, como se se tratasse de uma degustação de vinhos e ela fosse uma expert em matéria de enologia. Pode distinguir esse aroma entre muitos outros, e de fato agora mesmo acaba de distingui-lo.

Enquanto o aluno manipula sua roupa virado para o mictório, María Teresa se faz a pergunta que não pode deixar de fazer. Pergunta-se se esse aluno que entrou agora mesmo no banheiro, que vai urinar e que usa colônia Colbert não será o aluno Baragli. De fato, se ela conhece o que é a colônia Colbert e se sabe que cheiro tem, é graças a Baragli, e não a outro. Isso não implica, como se fosse um imperativo lógico, que, se um aluno do colégio usa essa colônia, ele tenha de ser necessariamente Baragli, porque qualquer outro aluno do colégio, ou mesmo qualquer outro aluno da oitava 10, poderia usar a mesma colônia também. É evidente que não tem por que ser Baragli. Mas é não menos evidente que *pode* ser Baragli. Não tem de ser ele, mas pode ser ele. E enquanto para qualquer outro aluno não existe nenhum dado que predisponha a suspeita a seu favor, para Baragli já existe um: sabe irrefutavelmente que ele usa colônia Colbert. Nele não é uma probabilidade, mas uma certeza.

Entre as coisas que ela está em condições de suportar, e que não são poucas, não se encontra porém essa mordente incerteza. Nos últimos tempos, ela se felicitou pelas suas ousadias: entrar neste banheiro, permanecer em estado de alerta. São ousadias que estima necessárias para o propósito declarado de descobrir os alunos que fumam no colégio. Movida por um espírito que acredita ser dessa mesma espécie, progride agora para um tipo de ousadia melhorada e aumentada. Já não poderia julgá-la, é certo, como parte integrante de toda aquela estratégia de espionagem. Mas assume-a com igual segurança e com igual resolução.

María Teresa corre o trinco que trava a porta do sanitário, com dedos tão cautelosos que bem poderiam ser os de um cirurgião ou os de um relojoeiro. A porta do banheiro agora está destrancada. Ela a solta e a deixa vir um pouco para dentro. Inventa assim para a sua posição de espiã um resquício por onde olhar. Agora se prepara para espionar de verdade, agora vai literalmente espionar. A porta entreaberta lhe permite e, mesmo, quase exige.

Não repara no risco que corre, ou não lhe importa. O que quer neste instante é só uma coisa: espiar e ver. Ver quem é o aluno que acaba de entrar no banheiro e já abriu a calça. Quer ver que aluno é. Quer ver se é Baragli. Entre a porta e seu batente abriu-se um espaço de não mais de dez centímetros. Basta-lhe, mas não lhe sobra, para aproximar o rosto e ver. É uma fresta onde mal cabe uma beira apertada da sua cara interrogante. No momento de espiar, quase não respira mais. É mais do que sigilo o que emprega: é a ambição de ser invisível. E, sendo invisível, ver. Aproxima o rosto, olha, é invisível, vê: vê o aluno que acaba de entrar no banheiro e que bem neste momento começa a urinar. Urina de frente para o mictório, claro, e portanto de costas para ela. Mas não completamente de costas. Como utiliza o primeiro mictório, o mais próximo das portas de entrada e saída, fica em relação à linha dos cubículos num ângulo relativamente aberto. De costas no fundamental, mas em parte também de perfil.

María Teresa olha, e não é Baragli. Fica claro que não é Baragli. Baragli é mais alto que esse rapaz, suas costas mais largas, seu cabelo mais claro. Não é Baragli. É outro rapaz. É outro rapaz, mas é um rapaz. É um aluno do colégio e entrou no banheiro masculino para urinar. María Teresa observa-o escondida. Também não é outro aluno da turma 10, que é a de que se encarrega. Parece, pelo que vê, que é um menino da turma 7, um que conhece bem de vista mas de que desconhece em absoluto o nome. O aluno urina. Ela vê sua nuca, um pedaço azul-celeste da sua camisa regulamentar no pescoço, as costas marcadas pelas linhas do casaco azul. Vê sua calça cinzenta, que parece menos esticada pela simples razão de que está aberta na frente. O vê urinando, o vê urinar. Vê uma parte do seu perfil: a orelha, um pouco da cara, por momentos vê a ponta do nariz. Vê a postura do braço direito, acomodado para a frente. Vê também, e principalmente, o jorro de urina cair no mictório, bater nele e ir escorrendo com leves curvas para baixo. O aluno está com a cabeça abaixada, porque se vê urinar. Deve ver sua coisa e ver a urina saindo da sua coisa. Ela, María Teresa, a inspetora da oitava 10, o vê urinar e o vê se ver. Depois de alguns segundos, o jorro da urina começa a diminuir. Ela nota isso na quantidade que cai e na curva da queda. Em dado momento, a saída se interrompe. Dir-se-ia que nesse ponto tudo já terminou, mas justo então se verifica algo como um epílogo, um adendo ou um suplemento: três ou quatro jorrinhos mais, que saem mais curtos mas nem por isso com menos força, expulsos pela vontade do aluno graças ao governo da sua coisa.

María Teresa pensa retirar-se de novo para dentro do cubículo e até, se não for muito arriscado, trancar novamente a porta. No entanto alguma coisa lhe diz que não o faça e que espere: que continue espiando um pouco mais. Os homens não se limpam nem se secam depois que urinaram, como fazem as mulheres, salvo em casos de indecência; em compensação, sacodem aquela coisa que têm. O aluno começa então a sacudir sua coisa. Ela percebe: vê o braço se mexer, vê a mão se mexer. O aluno se mexe todo um pouco ao fazê-lo e no movimento vai ficando mais de lado que de costas. María Teresa vê, onde a mão acaba, a coisa do garoto: uma coisa de homem. Se a vê, a vê ser sacudida; mas, quem sabe, talvez somente deduza isso. Gostaria de se certificar, mas não é possível. Em parte acredita vê-la, e agora que o aluno a guarda devese dizer que em parte acredita tê-la visto. Mas se tivesse de descrevê-la (e, embora pareça surpreendente, na vertigem do que acontece María Teresa consegue se perguntar como descreveria o que viu ou acredita ter visto), não saberia fazê-lo. Não interessa quão impossível possa ser que uma moça como ela trave uma conversa dessas. De qualquer forma, tenta imaginar que palavras usaria se tivesse de descrever a alguém como é essa coisa que ela viu ou acredita que viu, e não lhe ocorre nenhuma. Nenhuma, nada, a mente em branco. No entanto juraria, se um assunto desse teor tolerasse um juramento, que viu mesmo a coisa daquele rapaz.

Retrocede e se eclipsa, porque o aluno, depois de fechar a calça, poderia se virar totalmente para ir lavar as mãos. Mas não o faz, vai diretamente embora. Ela fica mais um instante escondida no cubículo, com a porta ainda entreaberta. De repente nota que se pôs de cócoras. Repassa mentalmente tudo o que aconteceu, como se fosse um filme cujo enredo tivesse de resumir. Após um instante se ergue, quando sente superada sua sensação de sufoco, tira do bolso o rolo dobrado de papel higiênico e, levantando a saia, se inclina e se limpa, sem se dar conta ou sem se lembrar que desta vez não havia urinado.

Nos dias seguintes renuncia a repetir o episódio da bisbilhotice com a porta do cubículo destrancada. Reconhece, não inteiramente mas em parte, que se descarta essa possibilidade é porque a considera, porque há um ponto em que pensa que poderia tornar a fazê-lo. E se finalmente não o faz, é por avaliar que o risco que corre é excessivo. Prefere não corrê-lo, melhor dizendo, prefere reservá-lo, como se fosse uma riqueza limitada que não quisesse desperdiçar, para uma circunstância muito especial que talvez em breve se verifique: que entre um aluno do colégio no banheiro, que o ar se inunde com um cheiro nítido que ela não deixará de reconhecer como colônia Colbert e que esse aluno seja Baragli. Baragli, e não outro. Pode ser que nesse dia faça o que já fez: abrir a porta e olhar. De certo modo sente que, se procede desse modo com cada aluno que vem, se reduzem as possibilidades de que alguma vez, alguma tarde, venha Baragli.

Muitas vezes, durante os intervalos, cruza no claustro com o aluno da turma 7 que ela viu no banheiro. Quando isso acontece, não pode deixar de observá-lo e às vezes até o segue um pouco (o menino vai ao quiosque, compra um alfajor e volta para conversar com dois amigos). É melhor segui-lo a olhá-lo de frente, por-

144

que assim reconhece a aparência da sua nuca e o arco das suas costas. Misturam-se agradavelmente o que vê e o que viu. Ouve que chamam o rapaz de Subán. É um nome da época: Subán. Até agora não sabia como se chamava, apesar de já tê-lo visto, apesar de já ter visto sua coisa. Mistura-se com outros rapazes, se soma entre risadas a um grupo de conversa, María Teresa observa a distância o modo casual como faz gestos com a mão, até que por fim o abandona e continua seu percurso de inspetora em outros setores do claustro.

A vigília no banheiro masculino não apresenta novidades durante vários dias. É interessante reparar no poder de conquista que o hábito tem sobre as coisas da vida: tudo acaba, mais cedo ou mais tarde, por lhe pertencer. Os alunos, como sempre, entram, saem, urinam ou defecam, às vezes também cospem, lavam o rosto, lavam as mãos, se penteiam ou se despenteiam olhando-se no espelho. Não fumam, isso não; por enquanto, nenhum deles veio fumar e continua sendo assim. María Teresa já incorporou tanto sua função de vigia que durante os intervalos, quando o banheiro se enche de alunos que vão e vêm, é tomada pela estranha impressão de que um espaço muito seu está sendo de algum modo invadido. Com o passar do tempo, as coisas chegaram inclusive a se inverter: não é mais ela a intrusa no banheiro dos meninos, mas eles, os alunos, os rapazes, que passam apenas um momento por um lugar que para ela envolve, em compensação, a duração e a permanência: garotos que vão, poder-se-ia dizer, de visita a um lugar que para ela existe para se ficar e estar, um pouco como acontece com os residentes permanentes dos locais de turismo quando chegam as férias e as cidades se inundam de visitantes passageiros.

Por exceção, ocorre entrarem no banheiro dois alunos juntos durante as horas de aula. Não podem ser nunca, por definição, dois alunos da mesma turma, porque nenhum professor permitiria, de maneira nenhuma, que dois deles saíssem da sala ao mesmo tempo (também não se autoriza que saiam um menino e uma menina, mesmo que vão a banheiros diferentes, porque isso permitiria andarem juntos e sozinhos pelas galerias do colégio, circunstância que deve ser impedida sob qualquer hipótese). Se dois alunos chegavam juntos ao banheiro masculino era porque, por puro acaso, pediram aos respectivos professores para sair da classe no mesmo momento. Vêem um ao outro no corredor ou já chegando ao banheiro; pode ser que se mantenham alheios e em silêncio, atento cada um a seu itinerário, mas também pode ser que, sem ser amigos nem se conhecerem direito, aproveitem a oportunidade do encontro fortuito para travar conversa.

María Teresa consegue então, do segredo do cubículo, escutar as conversas que os alunos têm quando estão a sós ou quando acreditam que estão a sós. Falam em geral dos professores (qual a aula que cada um está tendo) e se queixam ou debocham. Também dizem grosserias uma ou outra vez, numa dessas típicas conversas de rapazes que María Teresa conheceu, a contragosto, quando seu irmão falava em casa no telefone sem prestar a devida atenção ao volume da voz. Dizem por exemplo que dá para perceber que a de geografia não trepa ou trepa mal, e María Teresa ouve tudo, incomodada com a terminologia, ao mesmo tempo que preocupada com as febris fantasias dos meninos dessa idade, que acreditam que essas coisas podem ser notadas assim, a golpe de vista, como se não existissem no mundo a privacidade e a reserva. Por sorte não é comum dois alunos virem juntos, já que não são muitas as chances de coincidirem numa saída simultânea, até porque os professores não permitem idas ao banheiro durante os primeiros vinte minutos de aula ("Acabam de ter o intervalo, deviam ter pensado nisso antes") nem durante os últimos vinte ("Agüentem que daqui a pouco tem intervalo").

Ocorre-lhe que é mais provável que fumem quando vêm em dois, porque nessa classe de transgressões pueris conta bastante o fator do incentivo mútuo: a pretensão de cada um de passar por mais vivo aos olhos do outro. Mas não acontece nada disso, nem quando vêm aos pares. O que acontece é que mencionam detalhes mórbidos das coisas que fazem ou que imaginam, coisas tão obscenas que ela as elimina da memória no mesmo instante em que as ouve e que a levam a pensar com preocupação no grau de degeneração mental dos rapazes daquela idade. Mas acender um cigarro e fumar é uma falta de conduta que, de qualquer forma, continua sem ser detectada, apesar da sua perseverança.

Nas tardes em que o céu, o céu invisível que persiste lá fora, se cobre de nuvens como se se cobrisse de pombas ou se fechassem as cortinas, o ar no colégio se ensombrece demais da conta. São dias de tormenta, embora lá dentro não haja maneira de saber se na vida da cidade já está chovendo ou ainda não chove. Nas galerias e nas salas, e também nos banheiros, se instala uma atmosfera de iminência da noite. Nem sempre fica tão escuro a ponto de justificar que os serventes liguem a luz elétrica. Às vezes simplesmente acontece que o dia transcorra na suspensão espessa de um ar turvo. Nesses dias, a luz sempre diminuída que ingressa nos banheiros pelo filtro esmerilhado das janelas altas decresce até permitir o império pleno das formas somente insinuadas. Nesses casos aumenta em María Teresa a sensação de que o banheiro masculino é algo como um refúgio. E o cubículo que escolhe cada vez para se encerrar, dentro do banheiro, é um refúgio dentro do outro refúgio. Claro que privilegia a certeza de estar assumindo uma situação de absoluto controle e, por certo, nunca se esquece dos riscos que está correndo. Mesmo assim sente que há algo da proteção dos refúgios que a envolve naquele lugar, por uma razão finalmente simples: que, mal entra no banheiro, começa a sentir-se bem, não importa se antes não estava tendo um bom dia e não importa que não vá tê-lo depois que sair.

Nos dias de nuvens grossas e céu encapotado, que naquela altura do ano e do outono são muito freqüentes, quando explode a opacidade de cada canto do colégio, María Teresa se entrega duplamente à sensação de que entrar no banheiro é se proteger. Juraria que em dias assim, quando se habitua ao que os olhos são capazes de capturar, ela escuta melhor e sente melhor os cheiros. Dizem isso dos cegos, guardada a devida proporção e se é que a comparação cabe: que privados de um sentido, no caso a vista, melhoram todos os outros.

María Teresa ouve agora, no retiro do cubículo do banheiro masculino, cada um dos sons que se produzem, inclusive os que se produzem fora do banheiro. É um dia de chuva e parece mais tarde do que é (são três e parece cinco, são quatro e parece seis). Escuta o gemido da porta de vaivém, o que indica que alguém entra. Mas não se percebem os sons seguintes: os passos dentro do banheiro, o atrito da roupa, um suspiro ou uma tosse, uma respiração. Não se ouve nada. María Teresa deduz então que ninguém entrou no banheiro, que o que deve ter acontecido é que, por algum motivo que lhe escapa, alguém ia entrando no banheiro e foi embora. Foi embora sem entrar. Acaba de pensar nisso, e o ruído da porta de vaivém se repete, só que do outro lado, na porta da outra extremidade. Mas não é o som de sempre, o rangido rítmico e decrescente da porta de vaivém em sua ida e volta, mas um som que começa e de repente se interrompe. Essa parada indica uma só coisa: que alguém freou a porta do banheiro, e que o faz para espiar.

María Teresa pensa que quem espia verá que não há ninguém no banheiro e irá embora tal como veio. Espera que aquilo passe, mas o silêncio da porta parada se estende mais que o desejável, e isso significa que quem está espiando se não há ninguém no banheiro está fazendo isso com o maior dos cuidados. Por via das dúvidas ela tenta nem sequer respirar. Por fim se escuta o desfecho do som da porta liberada: o que a mantinha segura já a soltou e a deixa oscilar da maneira como se supõe que deva oscilar sempre. María Teresa suspira, aliviada, pensando que a pesquisa se deu por encerrada e que quem a realizava já se afastou. Mas justo então percebe os passos que está dando, perto dela, já dentro do banheiro, e sem pressa alguma. Passos lentos, aplicados à firmeza de cada pé sobre a superfície do chão: o andar pausado de quem está inspecionando um lugar. Não se dirige diretamente para os mictórios, como faria quem viesse urinar, tampouco para algum dos cubículos, como faria quem viesse para outra coisa. Não se dirige para nenhum lugar em particular, mas ensaia a volta geral de um primeiro reconhecimento.

María Teresa verifica, agora mais do que nunca, como fica longe do chão a porta de cada cubículo. O espaço livre que existe entre a cobertura da porta e o chão é suficientemente amplo para delatar a quem olhar com atenção a presença de um par de pés. Ela vai bem para trás, querendo escapar o máximo possível da eventualidade dessa evidência. Não lhe importa se apertar contra a parede do fundo, que geralmente se salpica, nem tampouco ter de pisar no sanitário umedecido onde se vertem os dejetos. Tudo isso é menos grave do que ser notada por quem decidisse olhar através do espaço que há debaixo de cada porta.

Os passos se afastam. Afastam-se cadenciados, agora sim em direção aos mictórios, mas não com o fim de utilizá-los: já está claro que não se trata disso. É uma parte mais minuciosa da revista que está efetuando. Após alguns segundos, os passos atravessam o banheiro rumo à outra extremidade, onde está a outra fileira de mictórios. Quando María Teresa os sente passar diante da sua porta, se coloca instintivamente na ponta dos pés, como se as pontas dos pés pudessem estar mais próximas da invisibilidade do que os pés completos. Se pudesse levitar, levitaria: ficaria flutuando para evitar ser descoberta por um olhar que se pusesse rente ao chão. Não é preciso, os passos tornam a se afastar. Chegam aos mictórios do outro lado. Há uma pausa, mas a pausa é muito breve. Os mictórios são lugares muito fáceis de checar, dá para percorrer todos eles lançando apenas um olhar. María Teresa confia, mas na verdade sem motivo, em que a inspeção se conclua com o exame dos mictórios. É sua esperança, mas carece de base. O que será que se poderia procurar somente nessa parte, e não em todo o banheiro masculino? Não sabe, não consegue atinar. Em todo caso, não é o que acontece. Os passos deixam de lado os mictórios e avançam para a porta do primeiro cubículo da fila. A porta está fechada (fechada mas não trancada, porque não há ninguém dentro). Uma mão rude abre-a de forma tão brusca que a porta bate na parede, repica e volta a pouco menos que sua posição original. Os passos avançam para o interior do cubículo, mas passado um momento saem. Depois de investigar o primeiro cubículo, passa ao segundo. O segundo está com a porta aberta. Um passo basta para entrar e um olhar para verificar a falta total de novidade.

O terceiro cubículo também está com a porta verde fechada (fechada, mas não trancada). Abre-a com menos violência que no caso anterior, de modo que não há nenhuma batida da madeira na parede. Esse banheiro não está limpo. María Teresa sabe, porque o viu e descartou antes de optar pelo quarto cubículo, o que fica ao lado, onde está agora. Não está limpo: em torno do buraco de descarga permanecem bolos de papel mal usados e restos dispersos de uma evacuação precipitada. Ouve-se uma espécie de queixa, de maldição murmurada. Quem a pronuncia faz o que ela não fez, o que ela não podia fazer sem tornar evidente a sua indevida presença. Ouve-se agora a puxada da corrente e a queda da água. A primeira soa com um golpe metálico, a segunda parece uma gravação acelerada e resumida do estrondo das cataratas.

Os passos abandonam o terceiro cubículo. Depois do terceiro virá o quarto, porque se há algo que não se perde nisso tudo é o sentido da ordem. No quarto cubículo está ela. Se a porta verde está fechada e, além de fechada, trancada, é porque ali dentro, no quarto cubículo, está ela. Trêmula, aterrorizada, desejando a inexistência, persistindo na incredulidade, está ela. O que procura não sabe. Sabe, sim, que a porta está fechada. Não sabe que está trancada, mas sabe que está fechada, porque os passos, depois de um leve rodeio, se plantaram justamente ali. A mão empurra para que a porta se abra, tal como nos outros casos. Mas ela não se abre. Esta porta não se abre. A mão empurra mais forte, calculando talvez possíveis aderências na tinta seca ou possíveis bloqueios da madeira inchada. De todo modo, não se trata de nada disso: nem de tinta seca nem de madeira inchada. É que a porta está trancada, trancada com o trinco. Assim, aquele que procura sabe agora que a porta, além de fechada, está trancada. E sabe que a única explicação para que isso ocorra é que há alguém ali dentro.

María Teresa sente vontade de urinar, mas de medo.

Juvenília

Antes de mais nada, a educação. Soam umas batidas discretas, toques diáfanos de nós de dedos comedidos na porta verde do cubículo. Não há nada mais penoso do que importunar o pobre infeliz que pode estar muito desarranjado (só assim, muito desarranjado, não esperaria voltar a casa para ir ao banheiro), agachado, pouco estável, com as calças enroladas na altura dos joelhos. Mas não há nenhuma resposta.

Então os nós repetem quatro ou cinco batidas, ainda discretas porém já mais enérgicas. São batidas mais urgentes, que exigem uma resposta. María Teresa não pode dá-la. Não pode nem sequer dizer um rápido "ocupado", porque teria de dizê-lo inexoravelmente com sua voz de mulher ou, pior que isso, com sua voz de mulher fingindo ser voz de homem, e com uma atitude assim não faria mais que precipitar a catástrofe.

Por isso permanece completamente calada. Talvez o silêncio a salve. Mas na verdade não a salva, porque contra esse silêncio a que ela se aferra soa uma voz, soa a outra voz, e é uma voz de homem, e é uma voz que ela não desconhece.

— Nome, ano, turma.

María Teresa fica muda, permanece muda.

A voz insiste, peremptória.

— Nome, ano, turma.

María Teresa não pode responder, e não responde.

A voz se crispa.

— Nome! Ano! Turma!

A violência da voz a intimida ainda mais. O silêncio é sua última trincheira e é sua última esperança. Ficar em silêncio, até que o interrogador se resigne, ou se canse, e vá embora do banheiro. Pode ser que acabe pensando que do outro lado da porta trancada não há outra coisa senão um garoto cagando, morto de vergonha. Se pensar assim, acabará desistindo e se afastará. Por um instante ela consegue se iludir com a idéia de que é isso que vai acontecer, porque a voz das perguntas não insiste e se ausenta. Poderia ser um desenlace, o desenlace esperado. Mas não é. É justamente o oposto: um prelúdio, uma tomada de impulso. O prelúdio de uma decisão totalmente inesperada. Abate-se um golpe brutal sobre a porta de madeira. A porta se sacode sobre si mesma, como poderia fazer uma pessoa que também fosse golpeada. Não se vence, nem se quebra, mas confessa sua essencial fragilidade. É feita de madeira leve e mole, não muito resistente, e além do mais em forma de tábuas verticais que, ao se abalar com o impacto, desnudam frestas que poderiam desprendê-la. Vem outro golpe, um segundo golpe, e ele é suficiente para produzir a ruptura. Não é a porta, falando em sentido estrito, que se quebra, mas o trinco. Não as tábuas de madeira, mas o implante de metal pobremente aparafusado e o ferrinho que servia para que a porta se trancasse. É isso que se solta, tirado por inteiro, é isso que se vê arrancado com um barulho parecido com o das coisas crocantes, e num segundo apenas todo o precário mecanismo se reduz ao que mais essencialmente era: uma chapinha, um ferrinho, três parafusos (porque já faltava um).

A porta se abre.

De certo modo se abre sozinha, ou dá a impressão de que se abre sozinha, porque a pancada a rigor foi empregada para que a trava se quebrasse, não para que a porta se abrisse. Que a porta se abra é algo que acontece por si só, pela simples ausência de trinco, e portanto se dá lentamente e demora muito para acabar de acontecer. A porta se abre devagarinho, e devagarinho também provoca sua dupla revelação. De dentro, María Teresa fica gelada vendo o contorno inconfundível do senhor Biasutto. De fora, o senhor Biasutto crava os olhos com dentes cerrados até deparar com María Teresa.

O eco das pancadas na porta se apagou por completo.

Não há expressão de espanto na cara tensa do senhor Biasutto. Não há expressão nenhuma nessa cara. Mas só se poderia atribuir ao espanto e, mais que ao espanto, à consternação, o tanto que demora para poder articular uma palavra. São longos segundos que María Teresa passa procurando não chorar.

Por fim o senhor Biasutto fala, quase sem abrir a boca:

— O que está fazendo aqui?

María Teresa engole, com enorme dificuldade, um nó de lágrimas e de saliva que a está engasgando.

— Meu trabalho, senhor.

O senhor Biasutto abre um pouco seus olhos miúdos e negros.

— Seu trabalho? O que quer dizer com seu trabalho?

María Teresa se aperta ainda mais contra a parede imunda.

— Vigio, senhor Biasutto, a boa conduta e a obediência às regras pelos alunos do colégio.

O senhor Biasutto assente várias vezes, como se entendesse

por fim o que está acontecendo; mas a maneira como abre as duas mãos ao lado do corpo indica que na realidade ainda não entende.

— Mas que boa conduta e que obediência de regras a senhorita pode estar vigiando aqui?

María Teresa já não sente que vá desatar a chorar. O senhor Biasutto está lhe concedendo pelo menos a oportunidade de se explicar.

— O senhor deve se lembrar de que uma vez eu lhe falei da minha desconfiança de que há alunos que fumam no colégio.

— Me lembro, sim.

— E como esse gênero de infração é típico dos rapazes malcomportados, foi fácil deduzir que o lugar onde cometiam o feito era no banheiro, sim?

— Sim.

— Bom, por isso estou aqui. Me escondo para ver se pego os que fumam.

O senhor Biasutto fica pensando uns momentos.

— Aqui entre a merda, as mijadas?

María Teresa assente.

— Sim.

O senhor Biasutto recua. Recua em sua atitude, mas também fisicamente: baixa as mãos e retrocede um metro ou dois. É sua maneira de dizer a María Teresa que avance, que se afaste da sujeira, que saia dali. Mas ela ainda está sobressaltada demais para se mexer.

— Venha, venha. Saia desse lugar.

A falta de luz logo suaviza a cena.

— Venha cá, faça o que digo. Venha.

María Teresa sai do cubículo com passos muito hesitantes, como se houvesse passado dois ou três meses prostrada numa cama, convalescendo de alguma coisa, e aquele fosse o momento de se levantar e experimentar se as pernas ainda lhe respondiam.

155

— Venha lavar as mãos.

Quando o senhor Biasutto menciona as suas mãos, e como conseqüência de mencioná-las, ela se dá conta de que esse tempo todo segurava sua calcinha numa das mãos. É assim por costume, que de fato se tornou um, tirá-la mal entrava no cubículo. É uma calcinha branca e sem renda, por sorte mais discreta do que outras que tem. O senhor Biasutto não parece ter notado nada; pode ser que nunca tenha visto uma ou pode ser que tenha pensado que se tratava de outra coisa. Ela aproveita agora, quando ele se virou para as pias, para enfiá-la em algum lugar apertado entre seu suéter e sua saia. Não gosta de ficar assim, sem nada por baixo, nessa circunstância tão peculiar, mas não tem alternativa.

O senhor Biasutto abre uma torneira e a convida a se aproximar, como se se tratasse de uma mesa de frios numa festa e quisesse fazê-la provar algum petisco especial. O barulho da água, assim como a penumbra, tem um efeito apaziguador. María Teresa arregaça as mangas, para não molhá-las, e começa a lavar as mãos. Esfrega ligeiramente o sabonete, até obter um pouco de espuma, e enxágua com cuidado. O senhor Biasutto não deixa de supervisionar todas essas operações, como se ela fosse uma menina que está naquela idade em que se trapaceia com a limpeza e ele fosse um pai que tivesse a obrigação de vigiá-la.

Quando termina tudo, fica claro que não tem com que enxugar as mãos. Não há toalha, papel absorvente tampouco. O senhor Biasutto reage, para tranqüilidade de María Teresa, com o cavalheirismo que ela já conhece: tira do bolso de cima do seu paletó azul-escuro um lenço amarelo, que guardava ali devidamente dobrado e que combina com a gravata e as meias (se bem que das meias ela não saiba). Entrega-o com um lento pestanejar e uma leve inclinação. Ela o recebe e agradece. Não é um lenço de algodão, mas de uma espécie de seda ou tecido sintético, de modo que enxuga pouco e mal; apesar disso ela se sente verdadeiramente reconhecida.

Acaba de enxugar as mãos, ou de espalhar nelas a umidade, e devolve o lenço ao senhor Biasutto. Mas ele não o recebe.

— Tudo bem, fique com ele.

Misteriosamente, agrada-lhe a idéia de ficar com um lenço do senhor Biasutto. Dobra-o em quatro, diferentemente de como estava, e guarda-o numa manga. Não cessam as cortesias, depois de iniciadas. O senhor Biasutto se adianta, mas o faz para abrir uma folha da porta e dar passagem a María Teresa.

— Primeiro a senhorita.

Caminham assim lado a lado por todo o claustro, em direção à sala de inspetores. Não se falam. O silêncio do senhor Biasutto parece se dever a uma concentrada reflexão interior; o de María Teresa, porém, ao amedrontamento. Gostaria que ele dissesse mais alguma palavra, uma que ela pudesse perceber mais claramente como um veredicto. Mas ele não diz. Não diz nada. Vai andando com as mãos seguras atrás das costas e a vista fixa no ponto onde logo estarão seus passos. É a atitude característica de quem se perde em seus pensamentos. María Teresa não consegue adivinhar qual poderia ser o conteúdo desses pensamentos.

O dia termina sem nenhuma novidade. Também não há nenhuma nos dias seguintes.

María Teresa se acalma ao constatar que o senhor Biasutto não tomou medidas que a afetem. Não enviou nenhum relatório sobre seu caso ao senhor Prefeito ou, mais gravemente ainda, ao senhor Vice-Reitor, e isso significa que não censura a iniciativa que tomou. Não o fez, não promoveu sanções a ela. Teria agido assim, com toda a certeza, e sem que lhe tremesse o pulso, caso julgasse necessário. María Teresa descarta, em se tratando de um homem tão reto como ele, que possa ter lhe dispensado algum tipo de indulgência: não a cobriu nem a protegeu, não deve ter tido nenhuma contemplação para com ela. Se não promoveu sanções (que poderiam ter ido da advertência verbal à destituição das suas funções), é porque não reprova abertamente seu proceder.

Não obstante, a situação foi por si tão equívoca, se pareceu tanto com o que ela se propunha conseguir com os alunos — pegá-los em flagrante — que agora se sente tacitamente dissuadida de continuar com a atuação que vinha tendo. Não torna a entrar no banheiro masculino do colégio. Se o senhor Biasutto não lhe expressou sua desaprovação, e nessa circunstância pode-se dizer que quem cala consente, também não a estimulou ao avisar em que se metia (na merda, disse ele, com linguagem de homem) com o fito de melhor cumprir seus deveres de zeladora. E, apresentando-se as coisas assim, a suspensão definitiva das suas tarefas de vigilância lhe parece a decisão mais óbvia, a que não pode deixar de tomar.

Volta então ao que era, num sentido mais cabal, a sua rotina de trabalho. Volta a passar mais tempo na sala de inspetores, sem que ninguém lhe diga nada a respeito, seguramente porque nenhum dos colegas está tão atento a ela a ponto de notar a diferença. Os dias se tornam mais apagados, isso sim. Sua idéia da vida nunca implicou intensidades, mas nesse tempo se aborrece bastante. Esse para quê de cada dia, que a movia já desde antes de chegar ao colégio, agora ficou vazio, e isso tem sobre as suas atividades e sobre seu estado de espírito um efeito arrasador. É verdade que desse modo pode ver com maior freqüência o senhor Biasutto. O chefe de inspetores exerce sua supervisão sobretudo nessa sala em que eles se reúnem enquanto os professores dão aula. María Teresa agora pode vê-lo mais e ter mais contato com ele. E no entanto sente-se mais distante. Atribui essa distância ao fato de que já não existe a grande ilusão que ela tinha em relação a ele: deslumbrá-lo com a descoberta de quem fuma escondido no colégio. Desse ponto de vista, o dos sonhos, esse era um fato que lhes permitiria entabular um laço real de solidez. Agora entende que, desertando ela da sua esmerada vigilância, essa esperança se esvazia. Também aquele outro futuro que tinham à disposição, o de reeditar o encontro num café à saída do colégio, se tornou de imediato mais difícil. Como se aquele certo vínculo que se estabeleceu entre os dois ao fim do primeiro encontro, e que ela chamaria de ponte, houvesse ruído com o episódio do banheiro masculino, nada mais indica que o senhor Biasutto possa vir a lhe formular um segundo convite. Com o tempo se diluem os ecos insinuados do que foi o primeiro encontro, e logo será, se é que já não é, como se nunca houvesse existido.

Enquanto isso chegam postais de Francisco, vindos de Comodoro Rivadavia. São dois postais com vistas aéreas, mas aéreas mesmo: as fotos devem ter sido tiradas de um avião em vôo. Vê-se o corte abrupto da costa contra o mar e o azul-espesso das águas sem limite, que de tão escuro se torna cinza-metálico (azul-petróleo, pensa María Teresa, mas duvida da existência de uma cor com esse nome e se pergunta se sua idéia não se deve ao fato de saber que a região é rica em jazidas). É um mar que parece imóvel. Não tem o aspecto ágil e volúvel dos postais de Mar del Plata, por exemplo, que fazem pensar no riso e no divertimento. Parece imóvel, não por efeito da fixação fotográfica: é imóvel e escuro como os segredos que nunca vão se revelar. O irmão, por sua vez, já não escreve nada: no verso das fotos não há outra coisa além do espaço em branco. Nada escrito, nem mesmo o nome.

No colégio, as novidades desses dias são: o senhor Prefeito reuniu os inspetores para lhes dizer que agora mais do que nunca têm de ser sumamente estritos no controle do uso obrigatório das rosetas; Servelli riu de um espirro repentino da professora Pesotto e recebeu duas admoestações; Capelán cresceu em altura e Rubio não, de modo que agora o primeiro da fila dos rapazes é Rubio; Rubio não dá, nas formações, nenhum indício de notar em Marré outra coisa que um ponto de referência para tomar distância; o professor Roel está doente e vai faltar meia semana; os suéteres de decote canoa estão proibidos e essa especificação vai ser acrescentada ao regulamento (que até então dava por entendido que se falava de suéteres com decote em V); Costa se corta com a fitinha azul atada na camisa e, com essa desculpa, pretende deixar o primeiro botão solto e a gola aberta, o que não se permite sob nenhum pretexto; uma falha elétrica de última hora impede a difusão gravada de "Aurora" no fim da tarde e é preciso entoá-la *a capella*, com grandes desafinações e uma ou outra hesitação no enunciado da letra; Bosnic está com cabelo comprido demais e tem de cortá-lo; Babenco mascou chiclete; Dreiman amarra os cabelos tão baixo que já é quase como se estivessem soltos, e tem-se de repreendê-la; os quadros-negros da oitava 10 começaram a ranger ao subir e descer, e é preciso mandar o servente engraxá-los.

A aula livre de música é ocupada com a projeção de um filme relacionado com a matéria (uma versão da "Flauta mágica" de Mozart). Para tanto é necessário levar os alunos da turma ao cinema situado no subsolo. O subsolo torna a causar inquietação em María Teresa, sabendo, como sabe, que há túneis secretos que partem dali. Contam histórias sobre isso (é impossível que existam túneis secretos e não contem histórias): desde excursões nefandas dos padres da igreja contígua até fugas subterrâneas nos tempos das invasões inglesas. Fala-se também de um projeto de atentado que foi abortado faz uns anos, mas há versões que desmentem a realidade desse projeto e misturam a palavra "escusa" em sua refutação. María Teresa conhece pouco disso tudo: dos padres, sabe que há alguns que pecam; das invasões inglesas, sabe que o intruso foi repelido derramando-se panelas audaciosas de água fervendo; dos atentados, sabe que, se alguém via um embrulho fechado na rua, não devia tocá-lo de maneira nenhuma. Não é isto ou aquilo que a intimida nos túneis, mas

160

sua existência mesma: não o que pode ter acontecido neles, mas o próprio fato de que, sob o conhecido, sob o visível, haja passagens que pertencem ao que não se conhece nem se vê. Por momentos sente a tentação de dar uma espiada nesses túneis, se bem que jamais se atreveria a incursionar neles. Esse reino da umidade e dos ratos só lhe produz medo, um medo que luta, mas não perde, com o mistério que a atrai.

O filme é longo e tranqüilo. Os alunos assistem com atenção. O professor Roel, por via das dúvidas, preveniu-os, num aviso telefônico feito de seu leito de convalescente, de que uma das três perguntas que lhes fará na próxima prova escrita vai se referir ao conteúdo do filme. María Teresa de tempo em tempo confere o comportamento dos alunos nas cadeiras do cinema. Tudo está em ordem e a projeção termina sem inconvenientes. Quando as luzes se acendem na sala, é como se um efeito de hipnose fosse interrompido.

Os alunos se formam para sair. Não podem se movimentar pelo colégio senão em fila e com passo regular. María Teresa se posiciona atrás do fim da fila, para assumir a melhor posição de vigilância, a que lhe permite ver e não ser vista. Mas por isso é a última a saber, à medida que vão saindo do cinema, que o senhor Biasutto está esperando ali na porta. Não tem por que espantá-la o chefe de inspetores se encontrar naquele lugar, mas o caso é que a espanta. Quando uma turma realiza alguma atividade diferenciada, e a ida ao cinema no subsolo é uma, é hábito que ele venha supervisionar se as coisas estão se desenrolando sem complicações (há um jogo duplo nesse modo de proceder: por um lado, sua presença deve ser considerada como um apoio ao inspetor envolvido; por outro, o que está fazendo é controlar o inspetor: controlar se controla como deve).

— Tudo bem?

María Teresa lhe responde sem encará-lo totalmente.

— Sim, tudo bem. Muito bem.

— É aula de música?

— Sim, é aula de música. O professor Roel está doente.

O senhor Biasutto assente e acompanha o passo de María Teresa. O sossego dos alunos se aprofunda com a presença do chefe de inspetores. Sobem as escadas em aceitável sincronia. Depois, pelo corredor, andam sem arrastar os pés, o que não é tão fácil conseguir daquela rapaziada tão propensa ao desleixo.

Embora faltem apenas uns poucos minutos para que a campainha toque e comece o intervalo, os alunos da oitava 10 entram em sala. Não poderiam permanecer no claustro enquanto o resto dos colegas está em aula, por mais que ficassem quietos e mudos. Entram enfileirados, primeiro as meninas, depois os meninos, e ocupam seus assentos. Não têm tempo de começar a fazer nada. Para começar a fazer alguma coisa, o tempo é curto. Mas se torna longo para passar assim: sem falar, sem se mexer, olhando sem objetivo para algum lugar ou lugar nenhum.

María Teresa tem de entrar de imediato na sala, para se postar na frente da turma e supervisionar essa nulidade. Mas justo quando se dispõe a fazê-lo o senhor Biasutto a detém, apoiando em seu antebraço um dedo ou dois. Ela gira para ele, o vê pestanejar.

— Alguma novidade sobre o seu caso?

María Teresa leva, perplexa, a mão à boca.

— Meu caso?

O senhor Biasutto assente.

— Sim, seu caso. Aqueles alunos que fumam, que está para pegar.

María Teresa toma a consulta como se fosse um louvor. Responde nervosa, mas lisonjeada.

— Nenhuma novidade, por enquanto. Nenhuma, por ora.

Entra na sala, já feliz, mas se esmera para impedir que os alunos detectem que seu estado de espírito mudou. Interpreta aquilo que o senhor Biasutto acabou de lhe dizer como o que mais profundamente é: a autorização para que continue sua averiguação no banheiro masculino do colégio; e até o incentivo, dito sem ênfase mas com clareza, para que em todo caso não deixe de fazê-lo.

Sentinela

E é assim que volta, tão logo pode, a ocupar sua posição no cubículo. Não são tantos os dias em que se ausentou. São poucos até, apenas três ou quatro, mas passaram devagar. Por isso, ao tornar ao seu posto, sente como se voltasse para casa ou para seu bairro depois de ter se distanciado numa viagem de certa duração (uma vez, quando menina, ao regressar a Buenos Aires depois de passar um mês num povoadozinho minúsculo de Córdoba, não conseguia se adaptar à existência dos faróis nas ruas, nem à do telefone em casa). No espaço do banheiro masculino percebe certas marcas do que foi sua ausência, como se não somente por estar num lugar, mas também por deixar de estar nele, se pudessem imprimir certos traços pessoais.

Nem por um instante lhe passa pela cabeça a possibilidade de que a ação irregular dos alunos fumando no banheiro possa ter se verificado no lapso em que ela afrouxou sua vigilância. Nem lhe ocorre isso. Numa inversão de termos que ela mesma, talvez, se acaso ponderasse, acharia ilógica, tende a supor que não há possibilidade alguma de que se possa violar o regulamento sem estar presente ela, que encarna sua representação. Para María Teresa não foi unicamente sua ida ao banheiro masculino que cessou por uns dias, mas todo o mundo que se trama e engendra ao redor dessa iniciativa. Todo esse mundo, combinatória confusa de travessura, rebelião e restauração da ordem, só se reativa para ela agora, quando volta, e porque volta; e adquire além disso uma importância reforçada, visto que de agora em diante sua presença ali não diz mais respeito a apenas uma simples inspetora, mas conta com o aval manifesto do senhor Biasutto, chefe de inspetores.

É tanto o seu entusiasmo durante o primeiro retorno ao banheiro masculino que não a deprime nem um pouco que não apareça nenhum aluno para fazer uso das instalações (nem o uso devido nem um uso indevido, como já ocorreu quando tudo isso começava). Agora mais do que nunca, ao evocar o interesse que lhe exprimira o senhor Biasutto, se entrega à confiança certeira de que, estando ela ali, os alunos que fumam no colégio virão fazê-lo, e o farão mais cedo ou mais tarde, talvez mais cedo do que mais tarde, e ela poderá surpreendê-los.

Alguma coisa muda em sua conduta, ao fim do sucinto impasse. Já não se presta a urinar naquele lugar impróprio, tampouco, pode ser que em conseqüência disso, tira nenhuma peça de roupa enquanto permanece ali. Faz o mais estrito: se entrincheira e fica alerta. Não fará nada, nada que não seja prestar atenção e esperar, até que chegue o momento destinado a passar à ação. Esse retraimento não a aborrece. No máximo, a desanima, mas ela não consegue definir esse estado. Seus pensamentos se acalmam tanto quanto ela mesma. Espera, somente espera. Já não se ilude com cada aluno que entra e, portanto, tampouco se decepciona. Espera com interesse mas não com ansiedade. Não ganha nada permitindo que a vontade cresça. Nada chega antes do tempo. O que tiver de acontecer, acontecerá quando chegar a hora.

Faltam uns dez dias apenas para que comece o inverno. Apesar disso, já não restam sinais do outono em Buenos Aires. O frio é forte. O edifício do colégio foi concebido para proporcionar a proteção necessária para garantir o estudo, não mais que isso porém: não um conforto demasiadamente aconchegante que, por excesso, acabe comprometendo essa intenção mesma. O uso de luvas e cachecóis é permitido na calçada do colégio, desde que essas peças sejam azuis (o mesmo azul dos suéteres, não outro azul qualquer); mas é necessário tirá-los e guardá-los antes de entrar. O uso de boinas ou gorros de lã é proibido, dentro do colégio ou fora, por serem prejudiciais ao bom aspecto.

Nos banheiros faz mais frio do que nas galerias, e nas galerias faz mais frio do que nas salas de aula, que é onde se estuda. Os alunos saem rotativamente aos pátios internos do colégio, vale dizer ao ar livre, para praticar a arte do desfile marcial, porque já se aproxima o ato de homenagem a Manuel Belgrano, ex-aluno e criador da bandeira. O professor Vivot brada as instruções (esquerda, direita, esquerda, direita, fir-mes, descan-sar) num megafone que metaliza as ordens de comando. Uma nuvem de vapor se forma diante da boca dos alunos. É pelo frio ou, rigorosamente falando, pelo contato brusco dos seus hálitos quentes com o ar frio. Algo assim também ocorre no banheiro. Não nas galerias, muito menos nas salas de aula, mas sim nos banheiros. Se alguém solta um bafo se forma no ar uma vaga trilha branca.

María Teresa certifica-se do fenômeno, que lhe confirma que faz frio de verdade nesse lugar e que não é ela que, por estar friorenta, sente essa impressão. Alguém entra no banheiro então, com passos decididos. Não se dirige aos mictórios, mas aos cubículos. E não a um cubículo qualquer, mas ao único que está fechado, e que é o que ela ocupa. Bate na porta sem exagero, como faria quem precisasse entrar num quarto onde alguém dorme e outro alguém está acordado, e batesse de tal modo que o que não dorme pudesse ouvir e o que dorme não acordasse. María

Teresa ouve. Obviamente não responde. Como da vez anterior, chega para trás. Não responde e não vai responder.

Sabendo disso, o senhor Biasutto sussurra.

— Abra, María Teresa. Sou eu.

Ela então corre o trinco e abre a porta. O senhor Biasutto sorri para ela com uma intenção que María Teresa não consegue decifrar. Talvez uma asa do nariz trema um pouco. Está com as mãos cruzadas, mas na frente.

— Alguma novidade?

Um exame de rotina, como dizem os médicos. O senhor Biasutto, chefe de inspetores, supervisiona o trabalho de uma integrante do corpo que comanda.

— Nenhuma por enquanto, senhor Biasutto.

O senhor Biasutto faz um gesto, talvez o de apontar com um dedo, para o interior do cubículo. Sorri, mas com alguma exigência.

— Para uma mulher, ocupa bem sua posição de sentinela.

María Teresa não compreende muito bem o que o senhor Biasutto disse, mas aceitar e concordar lhe parece preferível a pedir explicações.

— Somente cumpro o meu dever.

O senhor Biasutto aprova essas palavras com expressão de gentileza, mas no mesmo instante exibe também um estranho franzido na fisionomia e um inesperado tremor nas sobrancelhas e na testa. Por fim, como se quisesse escapar dessa repentina aflição, sorri num espasmo de ombros que agita seu paletó. Depois, já decidido, sem pedir nenhuma licença (não tem por quê: é o chefe de inspetores), dá um passo largo, um passo que de tão largo já conta como um salto, e se mete de uma vez no cubículo. María Teresa supõe que tem de interpretar esse procedimento como um revezamento: entende que é tamanha a adesão do senhor Biasutto à investigação que ela empreende que vem ali tomar seu lugar para ajudá-la. Por isso se dispõe a sair, do cubículo e do banheiro, com um passo que, sem ser apressado, tampouco quer parecer renitente.

Então o senhor Biasutto, com um gesto que no fim das contas é muito simples, fecha a porta. Fecha a porta e no mesmo instante corre o trinco. Agora os dois, ela e ele, María Teresa, a inspetora, e o senhor Biasutto, o chefe de inspetores, estão encerrados no cubículo do banheiro masculino do colégio. O lugar é evidentemente estreito para os dois. Falta espaço, em especial se se considerar que ninguém vai pisar no sanitário, embora desta vez não esteja muito sujo. Não há como não ficar perto, muito perto, um do outro. O bigode apertado do senhor Biasutto, que ela vê agora melhor do que nunca, parece ter adquirido vida própria. Ela se afina contra a parede, do mesmo modo que faria no corredor de uma sala de arquivos ou entre as estantes de uma biblioteca. A máxima separação que se possa conseguir aqui não deixará nunca de ser uma proximidade maiúscula. O senhor Biasutto não é muito alto, antes pelo contrário. Por sinal, não é mais alto do que ela, ou, se for, é por muito pouco. Apesar disso, é evidente que ela o fita agora de baixo para cima. Ele lhe sorri. Há um brilho em sua boca quando sorri que não pode ser outra coisa que saliva. Os dentes, dá para ver só um pouco desta vez: não aparecem bem. María Teresa tenta corresponder a esse sorriso com outro sorriso, mas não consegue. Se se safasse daquela sua paralisia, que o medo lhe impõe, poderia mais facilmente chorar do que sorrir.

Não tem idéia do que vai acontecer aqui com o senhor Biasutto. Há uma coisa que ela sabe, em sua desorientação: é que nada disso já faz parte da intenção de surpreender os alunos que transgridem as regras do colégio. É outra coisa. María Teresa não sabe o quê, mas sabe que é outra coisa. O senhor Biasutto guarda toda a compostura: a brilhantina impecável, a gravata ajustada, o colarinho sem uma ruga, as lapelas imaculadas; mesmo assim, em certo sentido, se mostra francamente desfigurado. María Teresa procura serenar, repassando o que já sabe: o senhor Biasutto é o chefe de inspetores do colégio, goza na instituição do maior prestígio possível, é o que se chama de uma autoridade, consta que com as damas sabe ser um verdadeiro cavalheiro. Pensa e sabe disso, mas não consegue se tranqüilizar.

Depois de dar um puxão nas mangas com os braços para a frente, o senhor Biasutto começa a desabotoar um botão do paletó. Não é mais do que isso: desabotoar um botão. O paletó se abre e deixa ver a camisa branca, a falta de suéter. Não é mais que isso. Algumas pessoas não sentem frio. Há homens que nunca usam o paletó abotoado. O senhor Biasutto poderia agora ficar mais à vontade, mais bem preparado para a falta de espaço. Mas na verdade não. Em vez disso põe-se a dar mais puxões com os braços para a frente, os espasmos nos ombros retornam. É difícil, ou impossível, calcular que idade pode ter o senhor Biasutto. María Teresa pensa nisso; também se pergunta, pressentindo que divaga, entrevendo que perde o controle de si, qual poderá ser o segundo nome do senhor Biasutto, em que mês do ano terá nascido.

Ele a agarra pelos ombros e a faz girar. Firme, um tanto severo. Ela se encontra assim de cara contra a parede revestida de azulejos, com a cara pouco menos que grudada na parede. Pode vê-la em todo detalhe: cada mínimo matiz do desbotamento, a mais leve granulação dos materiais. Um pouco do frio dos azulejos passa para a sua face. O senhor Biasutto ficou atrás dela. María Teresa ainda consegue dizer a si mesma, não sabe bem com que sentido, que se trata do chefe de inspetores do colégio. Com mãos confusas, o senhor Biasutto levanta a sua saia. Ela sente ao mesmo tempo frio nas pernas e medo. A saia torna a cair, por não ficar presa direito; o senhor Biasutto fica atordoado, se irrita. Levanta a saia, vê sem dúvida suas coxas, vê o começo das nádegas secretas, de imediato precisa das mãos livres, e a saia volta a cair.

Arqueja, apressado. Luta com dificuldade contra seu desajeitamento. Não espera que María Teresa faça nada, nada que não seja estar ali, inspetora, subalterna, com um lado da cara já encostado na parede. Por fim se arranja, embora nunca com desembaraço. Torna a levantar a saia e agora, para mantê-la levantada, aperta a mão nas costas dela. María Teresa sente essa mão nas costas, fria e úmida, e se lembra que ao se despedirem naquela noite na esquina da igreja o senhor Biasutto se inclinou, como na sala de um palácio, para beijá-la apenas na mão. Já fazia frio naquela noite em Buenos Aires.

O senhor Biasutto abaixa a calcinha com uma puxada brusca da mão livre. Como puxa de um só lado, o lado direito, a calcinha desce, mas torta. Agora ele tem de cruzar a mão, fazê-la passar por baixo do outro braço, para descê-la por igual. Consegue com dificuldade. A calcinha fica agora mais ou menos na metade das pernas de María Teresa, perto dos joelhos, com o elástico menos esticado do que quando estava vestida em cima, onde deve ser usada e na posição em que deve ficar. Ao abaixá-la sem cuidado ela se enroscou, como enrosca os lençóis quem os quer transformar em cordas e empregá-los para escalar alturas. Talvez a parte mais afetada pela absoluta intimidade esteja ficando à vista agora.

María Teresa dirige os olhos para o trinco. A porta está trancada. Ela se pergunta se o trinco que saltou completamente, arrancado pela irrupção do senhor Biasutto uns dias antes, já terá sido consertado no cubículo correspondente. Poderia ter verificado, mas não verificou. Pôr de volta os parafusos e apertá-los não deve ter sido tão difícil. De passagem, poderão ter reposto o parafuso que faltava. Mas se, ao se desprender o metal da porta pela força bruta, a madeira se arrebentou, provavelmente o conserto não terá sido tão simples. Quem ocupar aquele cubículo para evacuar verá que a porta não pode ser fechada. Se não conseguir ir para um outro, terá de se arranjar pondo uma mão do lado, para manter o equilíbrio, e outra à frente, a fim de evitar que algum distraído abra a porta bem no meio da sua necessidade.

Por quê, para quê, pensa María Teresa em todas essas coisas, se o trinco do cubículo onde ela está se mostra perfeitamente ileso e a porta está trancada? Sente o senhor Biasutto resfolegar em suas costas. Ele empurra a mão por dentro dela. Depois se ajuda com a outra mão, já não lhe importa que a saia caia, porque em todo caso não cai totalmente. Uma mão ajuda a outra. Uma abre, a outra empurra. María Teresa pensa com terror na coisa do senhor Biasutto. Não pode gritar, não pode ir embora. Pensa com terror na coisa terrível do senhor Biasutto. Atreve-se a olhar de viés, baixando a vista, inclinando a cabeça. A coisa do senhor Biasutto ainda não está presente. Pelo que vê, permanece distante e ausente. É a mão que empurra de trás, dentro dela. Uma mão fria e molhada. A outra mão, também fria, também molhada, ajuda essa. Empurra a carne para o lado e abre. A outra mão entra melhor desse modo. María Teresa não pode gritar e não pode ir embora. Olha para o trinco: o trinco está corrido, a porta está trancada. Não pensa em abri-lo. Não pensa nisso, não: não pensa em abri-lo. Pensa na maneira feroz como o outro trinco saltou, faz uns dias, sob o ataque torrencial do senhor Biasutto. Os parafusos saltaram como numa explosão, a madeira se abriu na mesma hora em fibras insuspeitas. É nisso que ela pensa, vendo agora o trinco em ordem. Nisso e na coisa do senhor Biasutto, que não aparece, que não apareça.

Sofre emudecida o jogo das mãos. A mão que abre pinça e belisca, a mão que entra só arremete. Esses embates são por ora tão cegos e tão gerais que não se entende para que servem. Ela faz o que pode com suas próprias mãos: as aperta com as palmas bem abertas contra a lisura da parede, para amortecer as batidas que os empurrões lá de trás a fazem dar com a cara contra o azulejo. Não pode gritar, nem se queixar. O instinto de cautela para passar despercebida naquele banheiro permanece por alguma razão em suas reações. Aperta os lábios e, detrás dos lábios, os dentes, com a respiração poeirenta do senhor Biasutto próxima demais das suas orelhas e da sua nuca. A cutucação se prolonga um pouco sem definir sua finalidade, até que de repente uma das mãos do senhor Biasutto, a direita, a mais hábil, a que entrava, muda de aspecto. Muda como mudam essas peculiares lagartas dos tanques de guerra, capazes de se retraírem ou se estenderem para aqui ou para ali, segundo as necessidades táticas que vão se apresentando. Até agora essa mão agia praticamente como um punho, um feixe de dedos apertados, e nesse estado não fazia outra coisa que tentear um pouco, em bloco. Agora muda: sobressai do conjunto um dedo, o dedo médio, ou talvez se deva dizer que retrai quatro dedos, deixando ao médio a ofensiva. María Teresa estremecida volta a pensar na coisa, na coisa terrível do senhor Biasutto, mas consegue ver que ela continua fora do que está acontecendo. É um dedo que machuca que a cutuca. Um dedo humilhante que começa a abrir caminho.

Mais tarde, quando puder, María Teresa vai chorar por tudo isso, mas por enquanto não chora. Para se acalmar pensa por exemplo estas coisas: depois, sim, poderá chorar, depois, sim, poderá gritar por tudo isso. Agora aperta os lábios, os dentes, as pálpebras, aperta também as mãos, que já não apóia abertas contra a parede, aperta-se ela mesma por inteiro contra a parede. O senhor Biasutto finca e entra com seu dedo médio. Ela, para se acalmar, pensa por exemplo o seguinte: não está sendo maculada em sua virgindade. O dedo se enfia nela, grosseiro como os sedentos. María Teresa desesperada pensa, diz a si mesma: ninguém deixa de ser uma senhorita por causa disso. O dedo médio do senhor Biasutto ainda não entrou por completo. Ele o puxa um pouco para trás, o que dói mais, como se fosse tirá-lo. Mas não, não vai tirar: está tomando impulso. Enfia-o inteiro de uma vez, tão direto quanto um insulto. Ela poderá soltar depois, mais tarde, à noite em casa, à noite na cama, ou debaixo da ducha que vai querer tomar quando chegar em casa, o grito que agora se atola em sua garganta, as lágrimas que agora não passam da beira dos olhos.

Ninguém entra no banheiro agora, e de nada adiantaria. O senhor Biasutto é quem manda. Incrustou seu dedo nela. Afunda-o e demora-o ali: nela. De repente geme. Geme ele, o senhor Biasutto, com um som tênue e agudo que não parece provir da sua boca. Mas provém: provém da sua boca contorcida e ensalivada. Não segura bem os dentes. Dali sai o gemido, como se a dor pertencesse a ele e não a ela, como se ele quisesse se apropriar da sua dor, como se ele se apoderasse da expressão da dor que a ela é proibida. Geme, choraminga, ela se anima a espiá-lo de esguelha aproveitando que ele se alheia, vê de que modo sua expressão descamba para o pranto, vê como tem o rosto capturado por um estranho sofrimento. Sua cara se retorce, brilhando de suor. O bigode é como um arranhão que lhe deixasse um fio negro sobre a boca encharcada. Os olhos não estão fechados, mas não lhe servem para ver coisa alguma neste momento. María Teresa fita-os e os percebe inúteis.

O dedo dentro a força a ficar muito quieta. Doerá mais se se mexer. Pergunta-se quanto tempo vai durar aquilo, qual será o desenlace. Ela sabe, pelo irmão, como é que esse assunto acaba. Mas e este, este assim, quando termina? O senhor Biasutto abunda em trejeitos de sentido incerto. Entre as caretas que acumula predominam as doloridas. María Teresa observa-o e espera, mordendo um dedo da própria mão para suportar. Não sente frio agora.

A descarga automática dos mictórios se ativa. Ouve-se a água jorrar, cair e juntar-se. Ativa-se quando não há ninguém, mas cumpre uma função: evacuar resíduos. E nessa circunstância serve além disso para outra coisa, imprevista e nada intencional, que é proporcionar a María Teresa um indício, que agora também é um consolo, de que o mundo lá fora ainda existe e continua, que poderá voltar a ele, que isto que está acontecendo com ela não o aniquilou e não é tudo.

O senhor Biasutto por fim relaxa (relaxa suas feições, se relaxa todo ele) e ao fazê-lo decide retirar o dedo. Tira-o com um puxão, o que pareceu que ia fazer antes mas deixou inacabado. Dói muito, mais do que antes, mais do que nunca. Dói. María Teresa sopra sua única queixa, que no entanto é efêmera e discreta. O dedo do senhor Biasutto já está fora, fora dela. É como se agora voltasse a pertencer à mão do seu dono: um cachorro solto para atacar que, ao fim de um instante, retorna cansado para o conjunto da matilha.

María Teresa sente o rumor de um incipiente alívio, mas de imediato se sobressalta e se pergunta se por acaso o alívio não é um luxo que ela não pode se permitir. Quem sabe agora o que vem é o senhor Biasutto com sua tremenda coisa. Ele é o chefe de inspetores. Ela não poderá gritar. Pode ser que agora, justamente agora, quando ela acredita que a dor e o opróbrio desta vez terminaram, o senhor Biasutto prossiga e o faça nada menos que com sua tremenda coisa. E então tudo isso não só não será o final, como será um começo.

Mas a coisa do senhor Biasutto continua tão alheia a tudo como esteve desde o princípio. Nada do que aconteceu aqui a chama, ou se a chama não obteve resposta alguma. Essa coisa, que ela teme, não cresce, não cresceu, não aparece, não participa. O dedo suplente é o único recurso com que conta o senhor Biasutto. Aliás, agora que bateu em retirada, o senhor Biasutto parece muito aturdido e notoriamente agravado, no sentido que se diz que o estado de um convalescente se agravou, e não parece possível pensar que se possa esperar dele algum tipo de iniciativa. Seus olhos, até então perdidos, recuperam com lentidão sua conexão com as coisas reais. Encontram-se de improviso com os olhos de María Teresa, que se vira e olha de frente outra vez. O senhor Biasutto franze a cara, numa careta até agora nunca tentada, e ri protegido sob uma sombra de idiotice. Essa idiotice, fingida ou verdadeira, é o salvo-conduto que apresenta em sua ambição de impunidade. Ou, talvez, é menos do que isso: apenas uma verdade recôndita, que emerge por um segundo. No caso, dá na mesma: o senhor Biasutto se anula. Em silêncio e encurvado, trata de sair do cubículo. Não lhe é fácil correr o trinco, a mão tropeça, os dedos se enrolam. Por fim consegue, abre a porta, deixa María Teresa para trás. Ela se apressa a levantar a calcinha e a arrumar a roupa. Não sairá dali até que ele saia. E ele só sairá sem ela.

O senhor Biasutto abotoa o paletó, seu torso se contrai sem harmonia numa e noutra direção. Recupera a postura de um chefe de inspetores. Seu semblante resgata igualmente o aspecto equilibrado de quem tem autoridade. Dando fortes batidas com os calcanhares no chão, como se mais do que andar marchasse, como se também ele estivesse treinando para o desfile em homenagem a Manuel Belgrano, sai do banheiro. O empurrão que dá na porta de vaivém é tão severo que a oscilação e o correspondente rangido se prolongam demais da conta. Percebe-o se afastando pelo corredor do colégio.

Não lavou as mãos.

Ciências morais

María Teresa pára de ir ao banheiro masculino do colégio. Não vai mais. Ocupa-se das suas tarefas de inspetora, laboriosa como sempre, aplicada. Passa um dia inteiro sem pisar no banheiro masculino, mas também sem pensar nesse assunto de forma alguma. Não é como da outra vez, que deixou de entrar lá mas sentia a cada momento que estava deixando de fazê-lo. Agora renuncia a tudo: fazer o que fazia e, sobretudo, pensar no assunto. Sua ambição inconfessa é transformar o passado, conseguir que o que aconteceu jamais tenha acontecido. Não se conforma com que apenas não aconteça, que não torne a acontecer; é preciso que não tenha acontecido. Por isso nem sequer se aproxima do setor do claustro onde se encontram os banheiros e trata de evitar, no possível, a presença severa do senhor Biasutto no colégio.

No dia seguinte cabe à oitava 10 o treino para o desfile no pátio interno do lado da biblioteca. María Teresa se agasalha, para ir lá fora garantir a boa conduta, com um casaco de lã de cor natural que sua mãe tricotou no começo do ano. Outras duas turmas da oitava série se juntam a esse ensaio ao ar livre: a 8 e a 9. Os respectivos inspetores, Marcelo e Leonardo, também saem ao pátio, trocam uma ou outra palavra ocasional com ela, controlam a atividade com fisionomia impassível.

A principal dificuldade que se apresenta aos rapazes é que tendem a flexionar irremediavelmente os joelhos a cada passo que dão. Assim se faz quando se tem de andar, mas não quando se marcha. Quando se marcha, é preciso se comportar como se uma sedimentação calcária houvesse estropiado meniscos e rótulas, e levar a perna dura, reta e sem flexão, para a frente e para trás.

— Isto não é um passeio, senhores! É um desfile!

A voz do senhor Vivot, embora soe impessoal pela mediação do megafone, transmite a sua exasperação. As pernas devem ir, sem se dobrar, não só para a frente, mas além disso um pouco para cima, e essa modalidade também ocasiona dificuldades aos alunos (às moças especialmente), porque tendem a repetir os recursos que empregam na vida comum em vez de entenderem que estão se exercitando para adquirir novas habilidades.

— Não estão no parque, senhores, estão num desfile!

Teriam de pensar nos filmes de guerra que seguramente viram. Se se concentrassem nisso responderiam melhor e deixariam mais satisfeito o senhor Vivot, que por momentos parece que vai morder de raiva o microfone do aparelho. Nesses filmes, se nota bem o que o senhor Vivot está querendo obter deles agora: que, adotando uma perspectiva lateral, como a que ele adota, todas as pernas e todos os braços se movam sempre ao mesmo tempo.

— Como um só homem, senhores! Todos como um só homem!

Mas não tem jeito. Sempre tem um distraído que se adianta ou se atrasa um pouco, e perde o passo. O costume de andar com os braços soltos desleixadamente também é difícil de corrigir. Os garotos se limitam a balançá-los por seu próprio peso, com os dedos das mãos também pendentes, em vez de fazer o que o senhor Vivot exige que façam: torná-los rígidos e movê-los com firmeza (também freá-los com firmeza: detê-los em conjunto com os passos, não deixá-los voar além).

— Não andem! Marchem! Não andem! Marchem!

O ato patriótico terá seu ponto culminante no juramento à bandeira. Existe por acaso melhor homenagem para Manuel Belgrano, seu criador? Os rapazes argentinos das novas gerações, e de seu mesmo colégio, jurarão que vão dar a vida por ela. As mães quase sempre choram de emoção nesse momento do ato, enquanto os pais disparam saraivadas de fotos para imortalizar o momento com suas Kodak Instamatic. Mas o juramento à bandeira também precisa ser preparado, nem pensar em os alunos simplesmente irem e dizerem que sim, que vão morrer, que vão morrer por essa bandeira e que assim o juram, soam os aplausos e cada um vai cuidar das suas coisas. É um momento solene, só comparável ao batismo cristão ou à primeira comunhão, que será realizado ao redor do túmulo do prócer. É preciso treinar: olhar em frente significa em frente, ninguém pode se distrair ou pestanejar, poderia cair um edifício inteiro na calçada ao lado e eles não deveriam nem sequer voltar os olhos, nem por um segundo, nem por um centímetro. Olhar em frente é olhar em frente. E no momento do juramento tem-se de fixar os olhos na bandeira.

— Quem se distrair pode ir procurar outro colégio!

A verdadeira desgraça do juramento à bandeira seria que a exclamação unânime saísse desigual ou desanimada. O senhor Vivot não se esquece de que já basta a necessidade de reverter a resposta dissonante das vozes femininas. Arenga aos alunos, com megafone e sem megafone. Pede-lhes que pensem no que estão jurando: honrar a bandeira, dar a vida por ela. Pede-lhes que respondam com o coração, pede-lhes que sintam na alma o que significa ser argentinos. Põe os alunos para praticar.

— Sim, juro!

Outra vez.

— Sim, juro!

Se preciso, o senhor Vivot os estimula: diz que não sejam frouxos, diz que não sejam maricas. Forte, alto, firme. Que retumbe. Que retumbe. Agarra o megafone. Recita a fórmula. Deixa a pausa (a pausa é fundamental: que não pareça que juram por jurar, que não pareça que respondem automaticamente). Ouve atento.

— Sim, juro!

Outra vez.

— Sim, juro!

Mais uma.

— Sim, juro!

A última!

— Sim, juro!

Pela porta do canto do pátio, a que dá para o claustro do terceiro colegial, aparece o senhor Biasutto. Mostra-se interessado no ensaio do desfile. Mede com cuidado as beiras das filas, prova com ouvido absoluto a plena consonância do juramento coral. Aproxima-se do senhor Vivot, com o qual troca umas poucas palavras. De longe faz um gesto de cumprimento aos inspetores presentes: Marcelo, Leonardo. Também María Teresa. Um cumprimento sumário, mas cordial. Depois vai embora, pela mesma porta pela qual veio.

Transcorre o segundo dia sem que ela se aproxime dos banheiros. Durante os intervalos cobre a zona das escadas, que fica do outro lado, e certifica-se de que nenhum aluno permaneça na sala (o último capricho de alguns meninos incompreensíveis: dizem que não querem sair para o intervalo. Só que é proibido ficar nas salas. A saída para o intervalo é obrigatória). Fala mais um pouco com os colegas. A dão por tímida, e não lhes falta razão.

É tímida, sim, tem dificuldade de se comunicar, tem dificuldade de falar. Mas agora volta a passar mais tempo, como fez há dias, na sala dos inspetores, e o relacionamento começa por si só a se tornar um pouco mais fluido. Ultimamente, não são tantas as coisas com que os inspetores têm de se ocupar. Durante as aulas no colégio, o tempo morto de que dispõem é bastante considerável. Os que estudam aproveitam essas horas justamente para isso: para estudar. A maioria estuda direito, um ou outro engenharia. María Teresa os vê se aplicarem, com ardor nas orelhas, a memorizar aqueles tijolões que carregam todo santo dia. Os outros conversam, quase sempre sobre temas da vida no colégio, embora os homens nesses dias se dediquem muito a falar de futebol (expandem seu otimismo de argentinos até contagiar as mulheres: a seleção campeã de 78, reforçada por Ramón Díaz e Diego Maradona, vai sem dúvida nenhuma ganhar o novo campeonato mundial).

María Teresa acompanha as conversas dos colegas, mas é raro que lhe ocorra algo a dizer. Assente e sorri aos comentários alheios, para evidenciar sua participação. Espera que o senhor Biasutto não apareça na sala dos inspetores. Sente-se melhor assim, acompanhada. Mas o senhor Biasutto é o chefe de inspetores, de modo que mais cedo ou mais tarde acaba aparecendo. Com uma atitude expeditiva, checa três ou quatro coisas pendentes (o envio ao senhor Prefeito dos pedidos de punição, a devolução à Intendência das chaves do cinema, a autorização da ordem de reposição do giz branco), sopra umas palavras em voz baixa a Marcelo, revisa as folhas de presença e atrasos. María Teresa tem a impressão de que ele a espreita um pouco: que certa movimentação dele aparentemente fortuita pela sala dos inspetores no fundo não tem nada de casual. Parece que olha para ela. Ela não quer verificar se olha mesmo e mergulha na cópia das notas que a mantém ocupada. O senhor Biasutto por fim se vai.

Nos intervalos trata de não ficar sozinha, mas essa disposição contradiz as normas que os inspetores adotam para serem mais eficazes na vigilância das galerias. O senhor Biasutto anda sempre por lá. É quase evidente que quer se aproximar dela, mas não é menos evidente que não sabe como fazê-lo. De longe ela às vezes vê que a observa. Há um momento, no meio do terceiro intervalo, em que vem em sua direção, mas bem então ela descobre que um rapaz da turma 7 ou 8, não importa essa precisão, está com o primeiro botão da camisa desabotoado debaixo do nó da gravata azul e aproveita para se aproximar rapidamente e repreendê-lo. Fica verificando que o aluno corrija a incorreção: olha como ele afrouxa o nó, puxa-o para baixo, belisca com dois dedos o botão da camisa, fecha-o, sobe de novo o nó da gravata, endireita-o. Enquanto isso, o senhor Biasutto se foi.

Passa outro dia. Os dias passam lentos. María Teresa volta a usar, como é lógico, o banheiro feminino reservado aos inspetores. É menor e mais confortável, tem toalha, tem um rolo de papel higiênico nem um pouco grosseiro. A porta fecha até embaixo, embora coberta com duas placas de vidro esmerilhado de discrição imperfeita, e se tranca à chave. Quando sente necessidade, coisa que por sorte lhe acontece pouco, María Teresa vai a esse banheiro, como costumava fazer a princípio. Não é muito longo o trajeto que precisa percorrer para chegar ali vinda da sala dos inspetores. Demora menos de um minuto para chegar. É provavelmente o único momento do dia em que María Teresa fica sozinha no colégio: quando vai ao banheiro, quando volta.

Na primeira hora tomou duas xícaras quase seguidas de chá com limão e agora tem vontade de ir ao banheiro. Vai com certa pressa. Aproveita a saída para arrumar diante do espelho, que nesse banheiro não tem manchas, as presilhas que pôs nos cabelos para mantê-los afastados do rosto. Sai e vai voltar à sala de inspetores. No trajeto, no meio do claustro, o senhor Biasutto a intercepta. Parece que vai caminhar junto com ela, como para escoltá-la, mas pára e a faz parar.

— Tudo bem, senhorita?

— Sim, senhor Biasutto.

Ele pigarreia.

— Alguma novidade, senhorita? Algo a comunicar?

— Não, senhor Biasutto.

Ele se sacode estranhamente, com cara de aprovação.

— Muito bem, muito bem. Fico contente.

Abre as mãos e as junta de repente, como se fosse aplaudir, como se aplaudisse. Mas não aplaude, ou se aplaude o faz em completo silêncio. É um gesto de satisfação o que perpetra.

— Então siga-me.

María Teresa obedece e o segue. Mas é muito particular essa maneira que tem de segui-lo: é ela que vai na frente, e o senhor Biasutto vai atrás. No entanto é certo, é certo que ela o segue, é certo que ele vai indicando o caminho e ela tão-só obedece. Vão em frente até completar o claustro, depois dobram à esquerda. Progridem como para chegar até o quiosque, mas à altura do quiosque escapolem.

Entra no banheiro masculino sem muita precaução. Não precisa: o senhor Biasutto vai com ela, e sua simples presença a autoriza a fazê-lo. O cubículo que escolhe não é um qualquer, embora possa dar essa impressão no atropelo da entrada. É o segundo, contando da esquerda. Uma vez dentro, María Teresa nota que o trinco destruído já foi reposto e está em seu lugar, reluzente e bem preso com quatro parafusos novos (quatro e não três, como antes). Os dedos rugosos como charutos do senhor Biasutto fecham esse trinco com um estalo que soa irreversível. María Teresa fita-o na expectativa, como se não soubesse. O senhor Biasutto não a olha de jeito nenhum.

Ele quase não se mostra menos inábil que da vez anterior.

Suas mãos se entorpecem, pela pressa ou pelo sufoco, pela urgência impiedosa. Levanta a saia com um safanão exagerado, que ela sente nas pernas como um vento; por pouco não rasga a calcinha, pouco sensível à resistência dos materiais. Não procura nenhum alívio, nenhum mesmo, apesar de se tratar da segunda vez. A repetição estrita de uma conduta que já queria ser rito não ajuda nada. É para ela a mesma consternação de antes, o mesmo aturdimento, o mesmo medo. María Teresa treme de cara na parede. Uma só vantagem obtém da aflitiva reprodução: que desta segunda vez já sabe, desde o início, que a coisa do senhor Biasutto não intervirá no que acontecer. É a mão estúpida que empurra de novo, é o dedo que inquire sem consideração. O gemido inaudito, a longa espera, a dor trespassada, o final sem desenlace. O sorriso imbecil do senhor Biasutto, pedindo indulgência ou dando-a a si mesmo. O frio que faz nos banheiros do colégio.

María Teresa arruma a roupa, o senhor Biasutto ainda não sai. A tarde é úmida, além de fria, e há como que um vapor aderindo aos azulejos. Ele passa uma das mãos (a esquerda) pelo cabelo penteado com brilhantina e duro. Hoje parece mais curto, mais compacto, mais difícil de mexer. Essa pausa que ele faz é incompreensível, a não ser que se recomponha de seu ar compungido. Por fim se vira, corre o trinco, sai do cubículo. Por um instante dá a impressão de que vai se olhar no espelho, não com premeditação, como se quisesse se ver, mas como simples conseqüência de passar diante dele; mas afinal não faz isso.

Sai do banheiro junto com ela. Nos corredores do colégio não se vê ninguém. Andam um pouco lado a lado, até que o senhor Biasutto pára. Ela pára também.

— Segunda-feira quero você aqui mesmo, sabe?

María Teresa o encara.

— Aqui mesmo, no banheiro, sabe? Procurando esses alunos que estão violando as regras.

183

O senhor Biasutto prossegue o caminho, sem se importar se ela agora está ou não andando com ele. Mas depois de dar uns poucos passos se refreia e se vira para fitá-la.

— Me entendeu, não?

María Teresa ainda não responde.

— Me entendeu, não? Me entendeu?

— Sim, senhor Biasutto.

— Tem certeza?

— Sim, senhor Biasutto.

O senhor Biasutto assente.

— Até segunda, então.

— Até segunda.

Chega à sala dos inspetores, onde estão seus colegas, e lhe parece inconcebível que a vida normal siga seu curso. Mas é o que acontece, sem que ninguém note nada: as demais coisas da vida persistem em seu canal habitual. O mundo restante, o mundo dos outros, não se altera com o que sucedeu: não se decompõe, não se desintegra, segue seu curso. Nenhuma classe de radiação, nem mesmo invisível e de fonte ignorada, o desvia ou altera. Essa relativa garantia da continuação dele a deixa assombrada. Surpreende-a que não haja pelo menos uma leve turvação inexplicável sobre as realidades alheias, por mais que ninguém saiba nada nem tenha maneira de saber.

Essa mesma sensação reaparece, realçada, quando um instante mais tarde o dia de trabalho termina, ela sai do colégio e chega à rua. A persistência indolente das coisas mais comuns a transtorna, de certo modo. Passa o 29, que é azul e amarelo, em direção a La Boca. A banca de revistas da esquina está fechada: funciona de manhã. O florista ouve rádio à luz de uma lâmpada pendurada num fio. As pessoas caminham sem olhar para ela, sem encontrar razões válidas para reparar nela.

Quer chegar em casa o mais cedo possível. Em dias assim, as

dificuldades parecem se multiplicar: a fila para comprar a passagem do metrô é mais comprida que o habitual, o trem demora mais para vir ou para sair, na noite dos túneis que vão de estação a estação se produzem falhas e paradas inopinadas. Só o próprio andar admite ver-se acelerado.

Na casa, a mãe assiste televisão. No noticiário entrevistam Mario Kempes, herói do Mundial de 78. Kempes diz que promete à torcida que as cores argentinas chegarão mais altas que todas. Kempes jogou na Espanha alguns anos, e usa algumas expressões espanholas em lugar das argentinas. Sua pronúncia também mudou, dá para notar. No Mundial de 78 fez seis gols, dois deles na final.

María Teresa vai tomar banho depois de falar com a mãe. Primeiro ensaboa o corpo e só depois derrama xampu na mão para lavar o cabelo, ao contrário do costume. Usa desodorante de bolinha, porque o outro, o de aerossol, a faz espirrar, além do mais parece pouco feminino. Às vezes põe talco. Hoje põe.

Veste roupa caseira: uma calça de ginástica, o moletom do pijama, as pantufas com a parte interna felpuda. Senta-se para ver televisão com a mãe. Não se concentra. Passam imagens entrecortadas sobre uma coisa e outra: um terremoto, uma corrida, uma chuva, um ferido, um navio que afunda, uma trincheira; ela mal capta o sentido do que vê.

Pergunta se há notícias do irmão. Não há. Não escreveu, não ligou. Não se sabe nada. Estremece.

Bem tarde da noite, já na cama, vai querer dormir e não conseguirá. Tem lhe acontecido a mesma coisa toda vez. Ela reúne recursos capazes de ajudá-la a chamar o sono: rezar suas orações ou apertar o rosário nas mãos, que é o que fazia desde sempre, há muito deixou de lhe bastar. Experimenta outras coisas, como imaginar que sua cama bóia no meio de um lago gelado, repassar de cor os nomes e sobrenomes de seus colegas do Virgen Niña, fantasiar uma viagem em que os problemas se desvanecem, limpar a mente, cobrir-se até em cima, pedir a Deus.

Por fim uma dessas técnicas acaba dando resultado, ou talvez o cansaço é que prevaleça por si só, e ela adormece. Mas, quando adormece, sonha. E os sonhos, inclementes, acordam-na de novo. Assim acontece na sexta, sonhando com um túnel, assim acontece no sábado, sonhando com um poço. E agora, agora concretamente, já na noite de domingo, na conclusão do fim de semana, acaba de sonhar com um oceano: um oceano grande e pesado onde flutuam espalhados uns dez ou doze vultos. Esses vultos são pessoas, e uma dessas pessoas é seu irmão. Nem todos precisam fazer o mesmo esforço para se manter boiando. Seu irmão, por exemplo, não faz nada: permanece deitado de boca para cima, como se debaixo tivesse uma cama e não um oceano, e se mantém assim. Mas alguém, da costa, alguém que não se distingue direito quem é, empunha uns papéis com colunas de nomes. Lê os nomes em voz alta. Apesar de o espaço ser aberto, soam diáfanos esses nomes. Uma magia não muito transparente suscita uma relação entre um nome e um destino: há quem afunda e há quem se salva. María Teresa, ainda dentro do sonho ou já saindo dele, pensa que ela e seu irmão têm, ambos, o mesmo sobrenome. Coisa que, embora óbvia, lhe provoca agora um acentuado sobressalto.

Acorda com um grito que talvez solte. Quem sabe, se de fato gritou, sua mãe a ouviu (dorme faz tempo com um sono bem leve, que ultimamente não passa de um torpor superficial). A noite está em silêncio. Seu despertar convulsionado não encontra a cumplicidade na casa. As cortinas quietas, o ar mudo, a marcação regular do relógio decretando a eterna vitória do presente.

María Teresa se ergue, senta na cama e logo torna a se abandonar ao travesseiro e ao cobertor. Repassa na memória imediata o sonho sinistro que acaba de ter. Pretende livrar-se assim, com uma revisão afrontada na vigília, das ressonâncias angustiantes do que sonhou. Preocupa-se com o irmão: com Francisco em Comodoro. Mas essa preocupação não demora a se misturar com outra. Fica angustiada ao pensar que dentro de algumas horas, talvez três, talvez quatro, tocará o despertador naquele mesmo quarto, passará uma manhã nervosa, almoçará sem fome, sairá para o colégio. No dia seguinte, que em sentido estrito já é o dia de hoje, terá de ir ao colégio, assim como nos dias subseqüentes, e lá cumprir, diligente, com suas obrigações de inspetora. Não poderá dormir até desterrar essa evidência do ardor de seus pensamentos noturnos. Passam as horas. Soa o despertador, que já a encontra acordada. Acordada e pensando no que não parou de pensar: que tem de ir ao colégio cumprir com suas obrigações de inspetora.

A mãe, enquanto isso, já ligou o rádio.

Juvenília

Na segunda-feira, 14 de junho de 1982, cai Puerto Argentino. O general argentino Mario Benjamín Menéndez, governador das ilhas, firma a capitulação ante o general britânico Jeremy Moore, comandante das forças vitoriosas. Encerra-se assim o conflito armado, setenta e quatro dias depois de realizada a invasão argentina. Os soldados vencidos formam fila para proceder à sua rendição nas diferentes zonas do arquipélago, empilhando seus fuzis ante a vigilância dos ingleses que os fazem prisioneiros. Somando as baixas sofridas pelos dois países, o saldo da conflagração é de mais de novecentos mortos.

No Colégio Nacional de Buenos Aires dá-se um feriado de três dias. Nem segunda, nem terça, nem quarta tem aula no colégio. Os inspetores passam essa informação aos estudantes nas escadas de acesso ao estabelecimento. Depois, vão embora, sem entrar eles próprios no edifício fechado.

Na quinta são retomadas as atividades com plena normalidade. Já se produziu então a completa renovação das autoridades do colégio. Há um novo Reitor. Também um novo Prefeito. Também um novo chefe de inspetores. Todos eles nomeados de forma provisória pela direção da Universidade de Buenos Aires para cobrir esse período, de extensão a determinar, que já se designa, tanto no colégio quanto fora, como a transição. As autoridades precedentes (o Vice-Reitor no exercício da reitoria, o Prefeito, o chefe de inspetores e também o senhor Vivot) não aparecem para se despedir nem protagonizam nenhum tipo de cerimônia de transmissão dos cargos. Não há nada disso. Quinta-feira cada um se encontra com as novas autoridades, que já estão em função. Os que os precederam nesses mesmos cargos simplesmente não estão mais. Não estão mais. Não vêm mais, nunca mais serão vistos no colégio.

Francisco Cornejo volta de Comodoro Rivadavia num avião Hércules da Força Aérea Argentina, que toca a terra na primeira hora do dia de sábado, na pista de El Palomar. O reencontro com a família, duas horas depois, no quartel de Villa Martelli, é comedido mas emotivo. Sua mãe, Hilda, e sua irmã mais velha, María Teresa, o esperam do outro lado da cerca de madeira, na avenida San Martín.

Dois meses depois dessa volta, Francisco consegue um emprego numa fábrica de automóveis na província de Córdoba. Radica-se, com a mãe e a irmã, num bairro da periferia da capital provincial. O bairro se chama Malvinas Argentinas. Ocupam uma típica casinha da região, charmosa em sua modéstia, com um pequeno jardim na frente que lhes permite realizar o velho sonho de ter um cachorro. É um labrador, em que põem o nome de Tobías.

No Colégio Montserrat, da cidade de Córdoba, não existem inspetoras, só inspetores. Mas um gerente influente da fábrica Renault se compromete a ver se é possível arrumar um cargo de empregada administrativa.

ESTA OBRA FOI COMPOSTA PELA SPRESS EM ELECTRA E IMPRESSA EM OFSETE
PELA GRÁFICA BARTIRA SOBRE PAPEL PÓLEN SOFT DA SUZANO
PAPEL E CELULOSE PARA A EDITORA SCHWARCZ EM JUNHO DE 2008